Gerda Brömel
TEXTE
Kurzgeschichten
Erzählungen
Berichte

Gerda Brömel lebt in Mönkeberg an der Kieler Förde. Erst im Rentenalter begann sie mit ihrer literarischen Arbeit. Inzwischen hat sie zahlreiche Bücher mit Kurzgeschichten sowie zwei Romane veröffentlicht. Daneben betätigt sie sich als Herausgeberin/Bearbeiterin von Texten anderer Autoren.

Gerda Brömel

TEXTE
Kurzgeschichten
Erzählungen
Berichte

FSC
www.fsc.org
MIX
Papier aus ver-
antwortungsvollen
Quellen
Paper from
responsible sources
FSC® C105338

*Bibliografische Information der Deutschen Natio-
nalbibliothek:*
*Die Deutsche Nationalbibliothek verzeichnet diese
Publikation in der Deutschen Nationalbibliogra-
fie; detaillierte bibliografische Daten sind im Internet über http://dnb.dnb.de abrufbar.*

Herstellung und Verlag:
BoD – Books on Demand, Norderstedt
ISBN 9783755731016

Inhalt

Hannes

Er war mein bester Freund, und wahrscheinlich ist mir unsere kurze gemeinsame Zeit auch deshalb so deutlich in Erinnerung geblieben, weil wir uns nicht ausdrücklich voneinander verabschiedet hatten: Tschüss, ein Handschlag. Das war alles. In den nächsten Ferien würden wir uns wiedersehen – das stand für mich damals Zehnjährigen fest.

»Was wünschst du dir eigentlich zum Geburtstag?«, fragte Hannes. Er war drei Jahre älter als ich und hundert Mal klüger.

Es war in jenem heißen Sommer nach dem Krieg. Ich wohnte während der unterrichtsfreien Monate bei meinen Großeltern in der alten Schulkate. Hannes und seine Tante lebten mit anderen Flüchtlingen auf dem Gut – zwangsweise einquartiert; die Dorfleute sahen auf sie herab. Großmutter kannte dort einen

Melker, von dem sie manchmal etwas Milch für ihren schmächtigen Enkel bekam. Bei einem dieser gemeinsamen Bittgänge traf ich ihn. Trotz des Altersunterschieds wurden wir Freunde.

Wir lagen am Knick und ließen uns die Sonne ins Gesicht scheinen. Hin und wieder hörten wir hinter uns auf der anderen Seite den dicken Schleswiger schnauben, wenn er den Selbstbinder vorbeizog. Seit Tagen war die Getreideernte in vollem Gang.

»Ach …, weiß nicht«, antwortete ich träge.

»Wenn du's niemandem verrätst, werde ich für dich zaubern. Aber nur, weil du heute zehn geworden bist. Schwörst du?«

Ich spuckte auf meinen linken Zeigefinger und legte den rechten zum Kreuz darüber.

»Gut. Der Schwur gilt aber auf ewig! Ist das klar?«

Er war aufgestanden und ging schon vor mir her auf dem schmalen Trampelpfad zwischen den Feldern. Mit einer Flanke übersprang er das erste Gatter. Verstohlen stieg ich über den seitlich angebrachten Holztritt. Zu meinem Kummer war ich der Kleinste in meiner Klasse und der schlechteste Sportler – mir fehlte einfach die Kraft.

»Ja«, sagte er, »hier könnte es funktionieren.«

Seine Sprache klang anders als unsere, etwas abgehackt und mit rollendem R. Auf einer leicht ansteigenden Koppel war er stehen geblieben. Die schwarzweißen Kühe drehten nur kurz ihre Köpfe in unsere Richtung, bevor sie weiterkauten. Hannes schirmte seine Augen mit einer Hand ab und spähte nach Osten.

»Mach die Augen zu! Und bei DREI guckst du nach rechts! Abrakadabra«, hörte ich ihn murmeln, »Hokuspokus Fidibus! Schiff erscheine …, Schiff erscheine …, Schiff …, DREI!«

Jetzt sah ich, was er gezaubert hatte: Einen Frachter! Er tauchte zwischen den Feldern auf und zog wie auf Kufen seine Bahn in Richtung Westen. Ich war sprachlos vor Bewunderung.

Merkwürdig, dass wir niemals richtig spielten! Weder kickten wir den schlaffen rotweißen Gummiball, noch versteckten wir uns oder holten Großvaters alte Hockeyschläger hervor.

9

Stattdessen streiften wir durch die Gegend. Über lange Strecken blieben wir stumm, bevor wir dann oft gleichzeitig zu reden begannen. Er wollte wissen, wie es in der Stadt aussah, ob wirklich alles in Trümmern lag, oder ob es vielleicht doch ein Kino gab, das schon wieder geöffnet hatte. Und ob die Mädchen dort hübscher waren als hier. So gut ich konnte, gab ich Auskunft. Als ich ihm einmal von meiner Angst erzählte, vielleicht immer der Kleinste zu bleiben, lachte er nicht, sondern legte für einen Augenblick seine Hand auf meine Schulter.

Einmal verbrachten wir Stunden auf einem Hochsitz am Waldrand. Es regnete, die Tropfen prasselten aufs Holzdach, mit angezogenen Knien saßen wir an der Rückwand. Hannes hatte Tabak besorgt.

»Wegen der Mücken«, sagte er.

Wir hatten kurze weiße Tonpfeifen mit flachem eckigem Kopf.

Als der Regen aufhörte und die Abendsonne hervorkam, begann das Stoppelfeld vor uns zu dampfen. Gespannt beobachteten wir einen Bussard mit seinen mehrfingrigen

Flügelspitzen. Wie selbstvergessen drehte er hoch oben seine Kreise, die allmählich enger wurden.

»Pass auf!«, rief Hannes.

Im gleichen Moment stieß der Raubvogel herunter aufs Feld. Als er mit der Beute in seinen Fängen wieder aufstieg, glaubte ich zu sehen, dass die Maus noch zappelte. Mir lief ein Schauer über den Rücken.

Nach einer Weile sagte Hannes:

»Man muss abgehärtet sein, sonst geht man kaputt.«

Ich wusste nicht, was er meinte.

»Erst nachdem du Schreckliches durchgemacht hast, bist du gefeit.«

»Gefeit?«

»Das heißt geschützt, vorbereitet, du bist stark. – Hier …«, er knöpfte sein Hemd auf.

Auf seiner Brust sah ich eine großflächige Wunde mit neuer, noch rosafarbener Haut.

»Das war kochend heißes Wasser. An dem Tag …«, er brach ab und wandte den Kopf zur Seite, er schien den Bussard zu suchen. »Genau an dem Tag starb meine Mutter. Den ganzen Weg übers Haff und bis hier hatte sie durchgehalten …«. Immer noch suchte er den Bussard. »Das war im März, gerade erst waren wir angekommen.«

Warum er bei seiner Tante lebte, hatte ich mich nie gefragt.

»Seither bin ich abgehärtet«, jetzt sah Hannes mich an, »und gefeit.«

Beklommen nickte ich.

Aber mir wurde klar: Wer Furchtbares überstanden hatte, war stärker geworden und auch vorbereitet auf alles Mögliche. Es könnte doch wieder Krieg geben, vielleicht läge ich wieder verschüttet unter Trümmern, aber dann wüsste ich, dass ich's aushalten kann.

Es war schon Herbst, die Ferien dauerten an, ich lebte immer noch in der Schulkate. Jetzt unternahmen Hannes und ich Wanderungen in weiter entfernt liegende Gegenden. Wir pflückten für Großmutter Fliederbeeren und sammelten Pilze, Hannes kannte sie alle. Einmal kamen wir sogar bis zum Kanal. Wir standen direkt am Ufer. Ein Frachter fuhr von Ost nach West, ein Matrose winkte. Nein, ich war nicht traurig und meinem Freund auch nicht böse, dass seine Zauberei nur auf einer optischen Täuschung beruht hatte. War ich denn in diesem Sommer nicht größer geworden und klüger?

Lange schaute Hannes dem Schiff nach:

»Spätestens wenn ich fünfzehn bin und die Schule hinter mir hab, heuer ich auf solch einem Kahn an und fahr nach Amerika!«

An einem kalten Oktoberabend kletterten wir zum letzten Mal auf den Hochsitz – am nächsten Tag musste ich zurück in die Stadt. Schweigend betrachteten wir den Nachthimmel mit seinen ungezählten Sternen. Manchmal löste sich einer von ihnen, schoss auf schräger Bahn nach unten und verlosch.

In der Ferne hörte ich Großvater nach mir rufen, es war spät geworden.

»Glaubst du an Gott?«, fragte ich.

Hannes antwortete nicht. Er zog die Wolldecke, mit der wir uns gegen die Kälte schützten, enger um seine Schulter.

»Ach, weißt du …«, sagte er schließlich, »bleibt uns denn etwas anderes übrig?«

In den nächsten Sommerferien fand ich das

13

Dorf kaum verändert. Es gab immer noch die schwarzweißen Kühe, das Gut, die Flüchtlinge, die hochmütigen Bauern, denen die Städter ihre Habseligkeiten brachten im Tausch gegen Essbares. Doch den Hochsitz suchte ich vergeblich. Im Winter war daraus Brennholz gemacht worden, und den dicken Schleswiger hatte der Pferdeschlachter abgeholt. Das erfuhr ich von Großmutter. Aber wo war mein Freund? Darüber konnte mir auch seine Tante nichts sagen.

Hatte er sich vielleicht schon aufgemacht nach Amerika? Ich wanderte zum Kanal. Diesmal allein. Der Weg kam mir sehr lang vor. Ich stand direkt am Ufer. Ein Frachter fuhr von Ost nach West, ein Matrose winkte.

Hannes …, Hannes …

(2009)

***

Zwei Menschen

Tor!« Peter starrt auf den eingeschalteten Fernseher, auf Fußballspieler, die sich umarmen, auf glückliche Zuschauer und begeistert geschwenkte Fähnchen. »Tor!«, ruft er, »Tor! Tor!« Er sieht zufrieden aus, sein eingefallenes altes Gesicht ist gerötet vor Freude, ein Speichelfaden läuft aus dem linken Mundwinkel, rinnt übers Kinn und bahnt sich einen Weg in Richtung Hals.

Marie weiß, dass ihr Mann nichts begreift. »Tor!« ruft er, weil er es von anderen hört. »Ja, mein Liebling«, sagt sie sanft, »zwei zu null für uns. – Wo willst du denn hin!«

Trotz seiner Gebrechlichkeit bewegt er sich manchmal sehr schnell. Er ist schon an der Haustür. »Hier geblieben!« Er will immer raus. Aber draußen wäre er verloren! Um aufzustehen, muss sie sich am Tisch abstützen. Es ist die rechte Hüfte, am schlimmsten sind stets die ersten Schritte.

Zum Glück hatte sie den Schlüssel abgezogen. Peter rüttelt an der Türklinke: »Feuer! Feuer!« Wie gut, dass sie in diesem Haus abseits der Siedlung wohnen, wo die Nachbarn ihn nicht hören können. Marie greift nach seiner Hand. Grob reißt er sich los, ballt die Fäuste und schlägt wild um sich. Sie schützt ihr Gesicht. Er meint es nicht so, er weiß doch gar nicht, was er tut. Schon hängen seine Arme wieder schlaff herunter: »Du meine Liebste …«

Für diese drei Worte, für solch immer seltener werdende Momente, in denen ein kurzes Erkennen, der Fetzen einer Erinnerung aufblitzt – dafür nimmt sie alles auf sich, dies hilft ihr durchzuhalten. Er lässt es zu, dass sie ihn ins Schlafzimmer führt: »Zeit, ins Bett zu gehen.« – »Jaja.« Er ist friedlich. Draußen scheint die Sonne, sie zieht die Rollos herunter, kleidet ihn aus, lotst ihn ins Bad, wäscht sein Gesicht, putzt seine Zähne, setzt ihn aufs Klo. Das Medikament von vorhin beginnt zu wirken, sein Gesicht ist entspannt. Sie deckt ihn zu, küsst ihn auf die Wange: »Schlaf gut, mein Liebling!« – »Ah!«, plötzlich guckt er böse und setzt sich

16

auf. »Ach, dein Einschlafkissen.« Sie legt es ihm in den Arm.

Vielleicht hat sie ein paar Stunden Ruhe. Die Kinder haben angerufen, sie wollen am Geburtstag ihres Vaters kommen. Vor zwei Jahren waren sie zuletzt hier. Sie haben immer so viel zu tun, müssen sich um ihre eigenen Dinge kümmern und außerdem die weite Anreise ... Marie stellt sich vor, was und wie Ruth und Matthias denken: Mama und Papa sind noch gesund und kommen gut allein zurecht. Die Kinder ..., jung sind sie nicht mehr, beide schon in mittleren Jahren. Wahrscheinlich wollen sie gar nicht wissen, wie es den Eltern geht. Sie haben Angst vor schlechten Nachrichten, auf die sie reagieren müssen, die ihren eigenen Lebensrhythmus durcheinanderbringen. Marie denkt an die immer distanzierter gewordene Beziehung zu ihren Eltern. Hatte sie sich damals anders verhalten?

Lange wird sie seine Krankheit nicht mehr verheimlichen können. Vielleicht sagt sie die Geburtstagsfeier ab. »Papa geht's nicht so gut. Eine starke Erkältung. Kommt lieber ein andermal!« Er war solch liebevoller Vater. Solch fürsorglicher, zärtlicher Ehemann, so klug und dabei auch humorvoll. Manchmal entwirft sie schon den Text für die Todesanzeige. Nachts endlich durchschlafen können, die immer wieder aufgeschobene Hüftoperation machen lassen, danach vielleicht noch ein paar Jahre ohne Schmerzen … Träume …, Fluchten. »In guten wie in schlechten Tagen …«, das Heilige Sakrament der Ehe. Gläubig ist sie nicht, doch ein gegebenes Versprechen muss gehalten werden, wollte sie nicht Verrat an sich selbst begehen.

Wie absurd, Peter heute »Tor!« rufen zu hören! »Fußball ist nichts für mich«, pflegte er zu sagen – früher, als er jünger war. »Ein Tennismatch, das hat Stil!« Seine Freunde gingen ohne ihn zum Fußballplatz. Vermutlich hielten sie ihn für unsportlich, möglicherweise auch für arrogant. Viel später, erste Zeichen der Krankheit begannen sich zu zeigen, galt er als etwas überdreht. Dann bekam er diese plötzlichen Wutausbrüche. Ohne jeden Grund. Er beruhigte sich schnell wieder und wusste anschließend von nichts. Irritiert zogen die Freunde sich zurück.

Sein Zustand verschlimmerte sich. Maries

und Peters Lebenskreis wurde immer enger. Inzwischen kommt es ihr vor, als hausten sie im Abseits, in einer Art Niemandsland. Oder in einer Burg über der Stadt, die Zugbrücke bleibt hochgezogen, das Tor verriegelt. Sie ist es ihrem früher so scharfsinnigen, vernunftbegabten Mann schuldig, von seinem Persönlichkeitsverfall nichts nach draußen dringen zu lassen. Er lebt außerhalb der Zeit, seine Vergangenheit ist ihm entglitten, von einer Zukunft weiß er nichts. Keiner soll ihn so verwirrt sehen! Auch die Kinder nicht. Manchmal meint sie, die Bürde nicht mehr tragen zu können, ihre Kräfte sind nahezu aufgezehrt. Nachts findet sie kaum Schlaf. Trotz ihrer Erschöpfung.

Um den nächsten Tag bewältigen zu können, muss sie jetzt endlich zur Ruhe kommen, doch ihre Gedanken drehen sich im Kreis. Er war heute ganz anders als sonst. Wer nichts von seiner Krankheit weiß, hätte ihn vielleicht nur etwas sonderbar gefunden. »Alzheimer – so etwas doch nicht, Marie! Mach dir keine unnötigen Sorgen! Peter ist ein wenig zerstreut, das sind wir schließlich alle in unserem Alter.«

Es ist früher Morgen, als sie endlich

einschläft. Wie oft schon hatte sie diesen Traum: Sie geht in ihrem Haus von einem Raum in den anderen. Es ist totenstill. Ihr wird beklommen zumute, sie spürt ihr Herz hämmern. »Peter?« Sie steigt die Treppe hinauf, »bist du oben?« und betritt schließlich die Dachkammer …

Durch ihre geschlossenen Lider zuckt bläuliches Licht. Schlagartig ist sie hellwach. Er ist nicht in seinem Bett. Unten steht die Terrassentür offen. Sie läuft aus dem Haus und sieht eine Frau, die sich an ihr Auto lehnt und weint: »Plötzlich ist er …, ich konnte nicht mehr …« Ein Polizist neben dem Wagen mit rotierendem Blaulicht telefoniert. Erst jetzt entdeckt sie ihren Mann. Leblos liegt er am Rand der Fahrbahn, um seinen Kopf hat sich eine Blutlache ausgebreitet.

Marie zwingt sich zur Ruhe. Tief atmet sie die kühle Morgenluft ein. Sie muss stark sein. Stärker denn je. Seinetwegen.

Ja. Es ist gut so. Peter hat es hinter sich gelassen, jenes erniedrigende Leben auf der Stufe eines hilflosen Kindes. Er ist erlöst. Dieser schnelle, barmherzige Tod hat ihm seine verlorene Würde zurückgegeben.

Sie muss die Kinder anrufen. Ruth und Matthias dürfen ihren Vater so in Erinnerung behalten, wie sie ihn immer gekannt haben: so fürsorglich, so klug und dabei auch humorvoll.

(2010)

***

Ein Anfang

Als Johannes im Herbst 1920 aus englischer Kriegsgefangenschaft in die Heimat entlassen wurde, fühlte er sich ausgelaugt und ohne jeden Antrieb. Sein Leben, das er allen Gefahren zum Trotz durch den Krieg gerettet hatte, erschien ihm wertlos. Eine Frau, die auf ihn gewartet hätte, gab es nicht. Die Freunde waren gefallen. Auch sein strenger Vater lebte nicht mehr; 1919 war er an der Spanischen Grippe gestorben – einer der mehr als Vierzigmillionen, die auf allen Kontinenten Opfer dieser Seuche wurden. Die Menschen zu Hause wirkten auf ihn oberflächlich oder nur mit der eigenen Person beschäftigt.

Aber auch er konzentrierte sich ganz auf sich selbst. Nachdem er mehr als sechs Jahre gezwungen gewesen war, auf engstem Raum mit anderen Personen zusammen zu leben, wollte er jetzt nur für sich sein. Seine Mutter riet ihm, doch endlich wieder unter Leute zu gehen. Er versuchte es und scheiterte: Er war der stumme, schwerfällige, vor Unbehagen schwitzende Außenseiter, der zu lange brauchte, um auf eine Frage zu antworten oder sich überhaupt an einem Gespräch zu beteiligen. Den Friedensvertrag und damit das offizielle Ende des Krieges, den Kapp-Putsch, die Gebietsabtretungen an Dänemark und die Abstimmung in Flensburg mit dem Ergebnis, dass jedenfalls die Stadt deutsch blieb, die Streiks und sozialen Unruhen ordnete er als Ereignisse ein, die ihn nichts angingen. All dies lag weit außerhalb seiner eigenen Existenz. Immer noch war er nicht wirklich in der Heimat angekommen.

Schließlich versuchte er wieder zu arbeiten. Es wurden fast farblose Aquarelle mit schemenhaften Landschaften und Figuren. Unzufrieden legte er sie beiseite.

»Nun red dir endlich mal von der Seele, was dich bedrückt!«, forderte seine Mutter ihn auf, »sprich über das, was du erlebt hast!«

»Warum lässt du mich nicht in Ruhe!«,

brauste er auf, völlig außer sich. »Quäl mich doch nicht!«

Er war selbst erschrocken, dass er seiner Mutter gegenüber so laut geworden war. Doch über den Stellungskrieg an der Somme, bei Ypern, Arras oder Chemin des Dames konnte er nicht sprechen, dafür gab es keine Worte. Irres Schreien und Umsichschlagen wären angemessen, er hatte es an der Front beobachtet – bei jungen und auch älteren Kameraden.

Irgendwie musste es jedoch weitergehen. Inzwischen war er schon über ein halbes Jahr zu Hause und hatte nichts zuwege gebracht. Vor dem Krieg hatte er das Malerhandwerk erlernen müssen, um später den väterlichen Betrieb zu übernehmen. Aber er hatte sich nicht vorstellen können, Tag für Tag nur Fassaden und Fenster zu streichen oder Zimmerwände zu tapezieren. Seine Pläne sahen anders aus: Er träumte davon, Kunstmaler zu werden.

Fast teilnahmslos blätterte er in seinen alten Zeichenmappen. Welch lebhafte Farben leuchteten ihm entgegen! Doch was für belanglose Sujets hatte er sich gesucht! Wie naiv, wie unwissend war er gewesen zu jener Zeit! Würde er denn je wieder unbefangen ein Siena mischen können, ohne das Blut seiner qualvoll sterbenden Kameraden vor Augen zu haben? Scharfsichtig und als ob er neben sich stehe, erkannte er in diesem Augenblick, dass sein Talent vermutlich nicht ausreichen würde, sich wirklich einen Namen zu machen. Zum ersten Mal sah er, dass seinen Bildern das Einmalige, Unverwechselbare fehlte. Das, was einen wirklichen Künstler ausmacht. Es wurde Zeit, sich klar zu werden, wie er sein weiteres Leben gestalten sollte. Vielleicht war ein Weg dorthin jener zurück zu den letzten Wochen vor dem Krieg?

Er hatte sich entschlossen.

»Ich gehe für eine Weile wieder an die Westküste«, erklärte er seiner Mutter, »mal sehen, ob es den alten Schäfer noch gibt.«

»Dor büst du jo wedder, mien Jung«, begrüßte ihn der alte Ketelsen, »kannst di glieks mol wat to doon söken!«

Der Schäfer saß breitbeinig auf einem Schemel, das Schaf zwischen den Knien. In geraden Bahnen bewegte er die Klippschere durch das

25

Vlies und ließ die Wolle vor seine Füße auf den Boden fallen. Das Tier verhielt sich ruhig, folgsam wendete es den Kopf oder streckte und beugte Vorder- oder Hinterläufe, je nachdem, welcher Reflex gerade berührt wurde.

Johannes nahm so viel von dem Tierhaar, wie er tragen konnte, ging damit in den Schuppen und warf es auf den Haufen in der Ecke. Wie damals stieg ihm auch jetzt der vertraute strenge Geruch in die Nase, und er spürte die Wärme an seiner Brust. Es fiel ihm wieder ein: Nach der Schur lebt die Wolle eine ganze Weile weiter. Hier gab es noch Dinge, die unverändert geblieben waren ...

1914 hatte er in der Nähe der Halbinsel ein paar Wochen zugebracht. Als er mit dem Skizzenblock auf Motivsuche umherstreifte, war er auf den Alten getroffen, und sie wurden fast so etwas wie Freunde. Sicher war der Schäfer froh gewesen, jemanden »mit jungen Beinen« gefunden zu haben, der ihm bei der Arbeit mit der Herde ein wenig zur Hand ging. Johannes war zwar unerfahren in der Schäferei, dennoch konnte er sich nützlich machen. Durch seine

Umsicht wurden sogar Tiere vorm Ertrinken gerettet. Sie waren in einen vollgelaufenen Priel geraten; starr vor Angst verharrten sie dort an Ort und Stelle. Von selbst hätten sie bei auflaufendem Wasser nicht mehr herausgefunden.

In jenem Sommer hatten sie abends gewöhnlich am Außendeich gesessen und schweigend die Herde beobachtet. Von Zeit zu Zeit ließen sie ein paar Worte über das Wetter oder die Tiere fallen. Johannes dachte manchmal laut über seine Zukunftspläne nach, über seinen Traum, ein bekannter Künstler zu werden, dessen Bilder gern gekauft wurden, die vielleicht sogar in Galerien hingen. »Die Aufnahmeprüfung für die Mal-Akademie hab ich ja schon bestanden«, sagte er ins Blaue hinein.

Ketelsen nickte und brummte zustimmend. Von sich selbst gab er jedoch nichts preis; Johannes wusste nur, dass er allein lebte. Vielleicht wirkte er deshalb etwas sonderbar. So sagte er einmal völlig zusammenhanglos:

»Vunnacht heff ik Fru Nommensen sehn. Dor weer 'n Füer üm ehr rüm, se kunn un kunn nich rut. Överdüütlich heff ik dat vör mien Oog

27

hatt!«

Er wusste nichts damit anzufangen. Ketelsen sprach von der Frau des Bäckers, die zweimal in der Woche Brot und Lebensmittel brachte, und die noch am frühen Abend sehr lebendig auf ihrem klapperigen Fahrrad davongefahren war.

Regnete es stark oder fegte der Südwest heulend über die Salzwiesen hinweg, hielten sie sich im warmen Stall auf. Manchmal blieb er dort auch über Nacht, um zu helfen, wenn ein Muttertier verspätet lammte.

Wie damals vor sieben Jahren saßen sie auch jetzt wieder auf dem Deich an ihrem alten Platz und blickten über das grüne Vorland mit den blinkenden, schnurgerade gezogenen Gräben, zwischen denen sich wie ein zufälliger heller Fleck ein Schaf bewegte. Die übrige Herde verteilte sich wie immer auf und vor dem Deich. Es war ein später Juniabend, der ungewöhnlich große Vollmond stand apfelsinenfarben am klaren Südhimmel. Die Tiere ließen sich vom Mondschein täuschen und fraßen, als wäre Tag.

Johannes umfing ein Gefühl der Ruhe und Geborgenheit. Es verdrängte das Entsetzen, das ihn immer noch ansprang, wenn die Bilder der Grabenkämpfe wieder lebendig wurden, seine Ohren das Brüllen der Todesmaschinerie zu hören meinten und die verzweifelten Schreie seiner sterbenden Kameraden. Hier schienen jene Bilder an Deutlichkeit zu verlieren und allmählich zu verblassen. Er war so in sich gekehrt, dass er zunächst nicht aufnahm, was der Alte wie beiläufig in die Stille murmelte:

»Ik heff di sehn, dat weer woll so üm achtteihn west, in 't letzt Johr vun de dore Moordun Dootslag. Ünner Eer un Balken leegst du as doot, Fründ Hein stünn al parat un luer vör Ungedüür. Aver denn stunnst du wedder op, un de Dood mutt vun di afloten.« Er kniff die Augen zusammen und beobachtete aufmerksam das einzelne Schaf zwischen den Gräben. »Das müssen wir nun aber bald mal holen, sonst ersäuft es uns noch«, stellte er fest, »heute …, bei Springflut!«

Warum war der alte Schäfer plötzlich ins Hochdeutsche verfallen, überlegte Johannes.

Vielleicht, weil es sich um etwas Wichtiges handelte, das von ihm als Städter auf jeden Fall richtig verstanden werden sollte?

»Du schasst weten, ik will so wat jo gor nich sehn, aver ik mutt!« Bekümmert blickte er Johannes direkt ins Gesicht. »Dor heff ik nie nich över snackt, man glööv mi, dat is 'n heel gräsige Ploog!«

Er begann wieder zu skizzieren. Anfangs fühlte sich der Bleistift noch ungewohnt an in seiner Hand, die durch die harte Arbeit in der Schäferei etwas unempfindlich geworden war.

Eines Nachmittags beschäftigte er sich allein im Stall, als das Brot und die Lebensmittel gebracht wurden. Der junge Mann, vermutlich der Lehrling, hielt ihm das Oktavheft mit den aufgelisteten Waren zum Quittieren hin.

»Dat dörft Se woll ok ünnerschrieven?«

»Früher kam Frau Nommensen noch immer selbst«, entsann sich Johannes, »wie geht's ihr denn eigentlich?«

»De Meestersch …, de is doch doot bleven, de is bi 'n Füer in de Backstuuv ümkamen! Vör fief Johrn is dat al west.«

In der ersten Juliwoche begleitete er den Schäfer bis zur Kreisstadt, wo die jährliche Wollauktion abgehalten wurde, ab dort wollte er dann allein weiterfahren. Für diese erste Strecke hatten sie ihre Fahrräder getauscht. Der Jüngere zog auf Ketelsens altmodischem Vehikel ohne Luftgummireifen und mit gebogenem hohem Lenker den zweirädrigen Anhänger, auf dem die in Tücher geknotete Wolle lag. Der Alte freute sich wie ein Kind, einmal auf einem modernen Rad zu sitzen, fast ununterbrochen betätigte er die schrille Klingel. Als sie sich zum Abschied die Hände schüttelten und wegen dieser ungewohnt vertraulichen Geste verlegen aneinander vorbeisahen, sagte er:

»Un lot di mol wedder sehn, mien Jung!«

Johannes fuhr in nördlicher Richtung weiter, zunächst auf dem alten westlichen Ochsenweg, auf dem seit dem Mittelalter das schlachtreife Vieh der Marschen zu den Märkten im Süden getrieben wurde. Das Radeln war mühsam; er musste aufpassen, in einer der beiden tiefen Spuren zu bleiben, die Pferdefuhrwerke vor ihm ausgefahren hatten. Ihm kam seine

Brieffreundin Dora wieder in den Sinn. Möglicherweise war sie bereits verheiratet und lebte nicht mehr in ihrer alten Gegend? Vielleicht würde er es aber doch bis zum Ossen-Koog schaffen und endlich mit eigenen Augen ihr geliebtes Riedetoft sehen.

Fast unmerklich zog ihn der eigenartige Reiz dieser spröden Landschaft in ihren Bann – eine Landschaft, deren Kargheit zu genauem Hinschauen zwingt. Ihm war, als sehe er sie erst jetzt mit wachen Augen, als sei er inzwischen reif geworden, ihre Schönheit zu erkennen. Dazu kam der übermächtige Himmel, der sich über der flachen Weite dehnte und alles Erdgebundene auf das rechte Maß zurückzuführen schien. Wenn er nach oben blickte, wo die Wolken rasch dahinzogen und dabei unablässig ihre Form änderten, überkam ihn das Gefühl, als könne er schweben, als sei er frei von jeglichem Ballast.

Er hatte den Ochsenweg verlassen und stand auf dem Sommerdeich, das Fahrrad schräg gegen die Hüfte gelehnt. Eben noch waren Schäfchenwolken über das türkisfarbene, durchscheinend wie Glas wirkende

Himmelsgewölbe gewandert, und schon türmten sich über dem westlichen Horizont blaugraue Massen; ein letzter Abglanz der verdeckten Sonne verwandelte das Meer in eine silbrig gleißende Fläche.

Solch ein Naturschauspiel ließ sich nicht mit dem Bleistift festhalten! Er legte das Rad an den Wegrand und holte hastig den Aquarellblock, die zarten Pinsel und den Farbkasten aus dem Rucksack; mit seinem Trinkbecher schöpfte er aus dem Graben Wasser zum Abmischen. Das Licht wechselte von einer Sekunde zur anderen. Er malte wie gehetzt – diese unwiederbringlichen Bilder musste er vorm Vergessen bewahren!

Den Mann neben sich bemerkte er erst, als er dessen Stimme hörte, ein Fuhrwerk hatte angehalten.

»Dat 's mien Hoff«, der Bauer zeigte auf die angedeuteten Gebäude am unteren Bildrand, »aber – nichts für ungut – ist er nicht 'n büschen lütt geraten?« Er drehte sich um seine eigene Achse und deutete dabei auf die Wiesen ringsum, auf einigen weideten kräftige schwarzweiße Rinder. »Allns mien Land!«

33

Johannes nickte höflich, wenn auch ein wenig abwesend.

»Gleich fängt es mächtig an zu regnen. Warum kommen Sie nicht mit zu mir nach Hause?«, der Bauer sah ihn fast väterlich an, »da sitzen Sie doch jedenfalls im Trocknen!«

Später dachte Johannes oft daran, wie sich alles gefügt hatte. Als hätte er ab einem festgesetzten Zeitpunkt eine vorherbestimmte Straße beschritten, auf der bereits die einzelnen Stationen seines Lebens eingezeichnet gewesen waren. Als liege es nur an ihm, ob und wo er wie lange verweilen würde.

Das kräftige Pferd zog den Wagen scheinbar mühelos über den ausgefahrenen Kleiweg, sie kamen sehr schnell voran.

»Ich versteh ja nix von Kunst«, rief der Bauer nach hinten.

Johannes saß auf der schmalen Mittelplanke und hielt mit einer Hand sich selbst und mit der anderen sein Fahrrad fest.

»Aber meine Frau. Die hat Sinn für so was!«

Bereits in der Diele roch es nach Kaffee, die Bäuerin hatte ihren Mann wohl schon erwartet. Auf einer länglichen Porzellanplatte lagen mit

Butter und orangefarbenem Quittengelee bestrichene Weißbrotscheiben.

Nachdem die Frau den unangemeldeten Gast gebeten hatte, am Küchentisch Platz zu nehmen, ermunterte sie ihn lächelnd.

»Nu lang man fix to, junger Mann!«

Wenn er wolle, sagte sie nach einer Weile, könne er gern noch bis morgen bleiben, denn wie es aussieht, würde es sich einregnen, die Kammer des Großknechts stehe zurzeit sowieso leer.

»Nur«, bat sie, nachdem sie das Aquarell mit beiden Händen hochgehoben und wie zur Probe an die Wand gehalten hatte, »dies Bild mit unserm Hof – das hätte ich ja zu gern!«

Johannes zögerte.

»Ich werde Ihnen ein anderes malen, auf dem Ihr stattliches Gehöft ganz im Mittelpunkt steht.«

»Und die Bezahlung?« Sie verschränkte ihre Arme vor der Brust und schien zu überlegen. »Machen wir's doch einfach schlicht um schlicht!«, schlug sie dann vor, doch es klang wie bereits abgemacht.

Zustimmend nickte er und gab ihr zur

Bekräftigung die Hand.

Eine Zeit lang betrachtete sie ihn verstohlen. Ihm fiel ein, dass sein Haar vom Wind zerzaust sein müsse, und er fuhr kurz mit der Hand drüber.

Schließlich sagte sie:

»Wenn Sie ein paar Tage Zeit haben und sich noch was extra verdienen wollen, hab ich vielleicht eine Arbeit für einen geschickten Maler.« Sie machte eine kleine Pause. »Wie Sie doch wohl einer sind?« Danach erhob sie sich. »Kommen Sie mal mit, ich zeig Ihnen was!«

Er folgte ihr über die Diele in die Große Stube, abgestandene, leicht modrige Raumluft schlug ihm entgegen.

»Es ist nur ein altes Stück, taugt sicher nicht viel, aber ich hänge daran«, erklärte sie, als müsse sie sich entschuldigen. Verlegen sah sie ihn an und fügte schnell hinzu: »Stammt noch aus der Familie meiner Mutter.«

Die Frau deutete auf einen wuchtigen drei-geschossigen Schrank, der den Blickfang an der Stirnwand des Raums bildete und mit ak-kurat geschnitzten Akanthusranken verziert war. Auf den Türen erkannte er Reste bunter

36

Bemalung, deren Farbe im Laufe der Jahre verblasst und zum Teil bereits abgeblättert war.

Johannes war nicht darauf gefasst, in diesem bäuerlichen Haushalt etwas so Schönes zu finden. Beinahe ehrfürchtig näherte er sich dem Schrank und zeichnete dann vorsichtig mit seinen Fingerkuppen einige Konturen der biblischen und maritimen Motive nach:

»Also, wenn es nach mir ginge ...«, erklärte er, »am liebsten möchte ich mich gleich an die Arbeit machen!«

Ihm ging der Gedanke durch den Kopf, er sei gerade dort wieder angekommen, wo er vor dem Krieg aufgehört hatte. Im Anschluss an die Malerlehre war er nach München gegangen, um die Städtische Gewerbeschule und später die berühmte Kunstgewerbeschule zu besuchen. Sein Vater hatte sich allerdings geweigert, ihn zu unterstützen. Schließlich hätte er vier Jahre lang das Lehrgeld für ihn bezahlt, sagte er, nun solle er endlich anfangen, auf eigenen Füßen zu stehen. Und so war er gezwungen gewesen, selbst das Schulgeld und auch seinen Lebensunterhalt zu verdienen. Das tat er dann während der Sommermonate. Als

Wandergeselle zog er durch die Lande und blieb dort, wo er Arbeit fand. Dabei kam er bis in die Schweiz und nach Italien. War seine Tätigkeit in einem Ort beendet, wanderte er weiter, bis er einen anderen Meister fand, der gerade für einen größeren Auftrag einen zusätzlichen Gesellen brauchte. Tatsächlich verdiente er während seiner Wanderschaft genug, um im Winter die Schule besuchen und ein sehr bescheidenes Leben bestreiten zu können. Auch auf andere Weise schien sich der Kreis zu schließen: Seinerzeit auf der Kunstgewerbeschule hatte er sich mit Stilkunde, Kirchen- und Holzmalerei befassen müssen, zuerst nur, weil dies auf den Stundenplan stand, bald aber aus Neigung. Natürlich hatte er damals nicht ahnen können, dass ihm die erlernten Kenntnisse und Fertigkeiten jemals von Nutzen sein würden. So wie jetzt bei der Restaurierung des Jahrhunderte alten Schranks.

Mit Begeisterung ging er ans Werk. Die Bäuerin beobachtete ihn gutmütig lächelnd in seinem Eifer und meinte schließlich:

»Lassen Sie sich nur Zeit, junger Mann, der Schrank läuft schon nicht weg!«

Er hatte sich vorgenommen, die Malereien möglichst getreu gemäß ihrem ursprünglichen Zustand wiedererstehen zu lassen. Mit großer Sorgfalt mischte er daher die Farben. Auf keinen Fall sollten sie zu frisch, aber wiederum auch nicht zu blass wirken. Er hoffte, seine Auftraggeberin besäße genügend Vertrauen in ihn, um das Ergebnis zu akzeptieren.

Tatsächlich schien sie am Ende sogar sehr zufrieden zu sein. An seinem Abreisetag überreichte sie ihm nicht nur den vereinbarten Lohn, sondern steckte noch eine Mettwurst, ein halbes Bauernbrot, ein großes Stück selbstgebackenen Butterkuchen sowie ein paar Boskop in seinen Brotbeutel. Es war jene praktische Gürtel- und Schultertasche aus feldgrauem Leinen, die noch zu seiner Soldatenausrüstung gehört hatte. Vorsorglich pumpte er die Fahrradreifen prall auf und prüfte mit dem Daumen deren Festigkeit. Die Bäuerin gab ihm zum Abschied die Hand und dazu einen Tipp mit auf den Weg.

»Wenn Sie sich eine Zeit lang immer Richtung Nordnordwesten halten, kommen Sie zum Ossen-Koog. Fragen Sie da auf Riedetoft doch mal nach Arbeit, und bestellen Sie Familie Hinrichsen viele Grüße von uns. Aber sagen Sie dabei von »*Groot*-Johannsen«, dann weiß man Bescheid, dass wir es sind und nicht jemand von den anderen Johannsens in der Gegend. Ich entsinne mich, dass sie da eine alte Halligstube haben, in der es vielleicht etwas zu tun gibt für Sie!«

»Und außerdem«, fügte der Bauer augenzwinkernd hinzu, während er Johannes kräftig auf die Schulter klopfte, »gibt es da auch zwei schmucke Töchter!«

Zunächst radelte er jedoch nach Westen, immer am Sielzug entlang. Der stetige Gegenwind trieb ihm Tränen in die Augen und ließ seine Jacke und Hosenbeine flattern; mit aller Kraft musste er in die Pedale treten, um überhaupt voranzukommen.

Nach zwei Stunden Fahrt setzte er sich am Deich ins Gras, nachdem er vorher geprüft hatte, ob hier auch kein Schafskot herumlag. Zerstreut beobachtete er, wie das gesammelte Wasser der Gräben in die Priele lief und von dort mit dem Ebbstrom hinaustrieb. Das Meer selbst war jetzt nur als grauer Streifen am Horizont zu ahnen. Immer noch fühlte er sich beschwingt vor Freude über die gelungene Arbeit. Das Restaurieren hatte ihn zufrieden gemacht. Es war eine runde, abgeschlossene Sache, etwas, das Wert hat und ihn auch längere Zeit behält. Vielleicht könnte er mit solchen Arbeiten sogar seinen Lebensunterhalt verdienen?

(2008)

***

Abenteuer Fliegen

Tatsächlich kann die Reise mit einem Verkehrsflugzeug immer noch ziemlich aufregend sein. Jedenfalls manchmal. So erinnere ich mich an den Airport Acapulco, der Anfang der achtziger Jahre umgebaut wurde. Um in die Maschine zu gelangen, mussten wir auf eine primitiv gezimmerte, ungefähr vier Meter hohe Holzbühne seitlich neben dem Flugzeug steigen. Plötzlich wurde jedoch das begonnene Boarding unterbrochen, den Grund dafür erfuhren wir nicht. Also harrten wir dort längere Zeit in der prallen Sonne bei 35 °C im Schatten mehr oder weniger geduldig aus.

Als wir dann schließlich an Bord kamen, empfing uns hier noch größere Hitze, sozusagen Saunatemperatur. »We lost ground power«, war die lapidare Erklärung. Natürlich überlebten wir auch dies. Aber als Heinrich später sein Zündholzbriefchen aus der

Hemdtasche nahm, waren in der enormen Hitze die Zündköpfe zu einem festen Klumpen verschmolzen!

1993 durchlebten wir auf dem Airport New Orleans während der Landung einige Schreckmomente. Denn unser Pilot bremste auf der Landebahn unerwartet so heftig ab, dass wir in unseren Gurten ruckartig nach vorn gedrückt wurden! Danach irrte das Flugzeug über den Platz, bis es seine Parkposition gefunden hatte. Doch es schien nicht die Richtige zu sein, denn vor dem Terminal wiesen mehrere Leute mit ausgestreckten Armen energisch zu einem anderen Stellplatz. Die Erklärung dafür, dass unser Flieger so stark abbremsen musste und von einem Teil des Airport-Personals erwartet wurde, hörten wir später: Zum ersten Mal landete nach einem Long Distance-Flug ein hier bisher noch unbekannter Flugzeugtyp und zwar auf einer relativ kurzen Landebahn!

1995: Bei der Zwischenlandung auf einem Fernflug sah ich nach Beendigung des Tankvorgangs zufällig aus dem Fenster nach hinten und entdeckte am Heck zwei Feuerwehrlöschwagen! Feuer! Bevor ich mich jedoch aufregen konnte, kam eine Durchsage des Flugkapitäns: »Versehentlich wurde zu viel Kerosin getankt. Der überflüssige Treibstoff wird jetzt durch die Airport-Feuerwehr abgesaugt.«

1997: Nach einer Zwischenlandung in Sharjah (VAE) hörten wir die Durchsage: »Der Weiterflug verzögert sich, da sich eine Bodenplatte gelöst hat. Leider kann der Schaden nur durch einen Spezialisten für diesen Flugzeug-Typ behoben werden. Nach einem solchen wird gerade gesucht.« Zum Glück war die Suche erfolgreich, und nach einer Stunde unfreiwilligen Aufenthalts konnten wir weiterfliegen.

2003: Im Airport-Gebäude Mandalay (Myanmar) war es vormittags dämmerig und in einigen Bereichen sogar stockdunkel – der Strom war ausgefallen! Dadurch waren die Durchleuchtungsgeräte, Sicherheitsdurchgänge und die Klimaanlage natürlich funktionsunfähig. Unwillkürlich deutete ich dies als schlechtes Vorzeichen für den Flug. Nachdem wir in der brütend heißen Abfertigungshalle mehr als eine Stunde verbracht hatten, fuhren wir mit einem Bus zur wartenden Maschine. Erst als ich deren Aufschrift »Air Mandalay« las, war ich erleichtert. Denn wir flogen nicht – wie ich nach den schlechten Vorzeichen vermutete – mit der zweiten einheimischen Fluglinie, die berüchtigt war wegen einiger Abstürze. Vor deren Benutzung hatte sogar das Deutsche Auswärtige Amt auf seiner Web-Seite gewarnt.

Sydney, 14. März 1996. Der Abflug nach Düsseldorf war für 21.05 Uhr geplant, tatsächlich starten wir erst um 22.30 Uhr. Wir müssen uns auf einen sehr langen und damit anstrengenden Flug einrichten. Doch was uns wirklich bevorsteht, ahnen wir zu dieser Zeit noch nicht.

Die rund eineinhalb Stunden Verspätung ab Sydney werden zunächst mit »Schwierigkeiten beim Catering« begründet, kurz vorm Start hören wir allerdings über Bordlautsprecher: »Der Tankvorgang wird demnächst beendet sein.« Merkwürdig – hätte die Maschine nicht betankt sein müssen, *bevor* die Passagiere an Bord gehen?

Endlich beginnt unsere Boing 747/200 sich in Richtung Rollfeld zu bewegen. Wir fliegen mit einer uns völlig unbekannten korsischen

Fluggesellschaft. Erst heute Morgen hatten wir erfahren, die gebuchte LTU-Maschine stehe leider nicht zur Verfügung. Hellhörig wurde ich dann, als andere Passagiere sich besorgt über diese Ersatz-Fluggesellschaft unterhielten. Doch die freundliche Dame unseres Reiseunternehmens wischte unsere Bedenken vom Tisch. Es hätte sogar eine größere Maschine gechartert werden können als die ursprüngliche. Deshalb könnten jetzt gegen stark ermäßigten Aufpreis sogar einige Plätze in der Business-Class gebucht werden. Und Heinrich war so spendabel.

Nun haben wir also Plätze auf dem Upperdeck, zu dem man über eine kurze Wendeltreppe gelangt. Leider ist unser Garderobenfach mit Schwimmwesten belegt Als wir die Stewardess bitten, unsere Mäntel anderweitig unterzubringen, erhalten wir zur Antwort, sie habe keinen Platz, wir müssten sie eben auf den Schoß nehmen! Den voraussichtlich vierundzwanzigstündigen Flug mit einem Mantel bepackt zu verbringen, weigern wir uns entschieden und schließlich auch erfolgreich.

So weit so gut. Oder? Kurz vorm Take-off hören wir nämlich eine merkwürdige Lautsprecherdurchsage: »Die Fluggäste im hinteren Teil der Maschine werden gebeten, während des Startvorgangs nach vorn zu kommen. Wegen des vielen Gepäcks hat die Maschine sonst Schwierigkeiten beim Abheben. Das Gleiche muss dann beim Landen wiederholt werden. Später können Sie sich dann wieder an Ihre alten Plätze begeben.« Nach einer kurzen Pause: »Aber haben Sie keine Angst!« Da stimmt doch etwas nicht! Die 747/200 ist nur schwach besetzt – wie kann sie denn da Gewichtsprobleme haben?

Nichts wie raus!, ist mein erster Impuls. Aber wir rollen schon! Auch der Servierwagen mit den Zeitschriften rollt, ebenfalls der fremde Trolley, den jemand vor unseren Sitzen abgestellt hat. Ich schiebe beides mit dem Fuß in den Gang, damit eine der Stewardessen sich daran erinnert, die Dinge sicher zu verstauen.

Als die Maschine Geschwindigkeit aufnimmt, um abzuheben, suche ich Heinrichs Hand, denn mir ist etwas mulmig zumute. Doch was soll's – mitgefangen, mitgehangen!

Ich versuche, mich zu beruhigen und mich gedanklich abzulenken: Wie einzigartig schön und interessant war unsere Reise zum Gebiet um den Ayers Rock, dem »Roten Herz« Australiens! Ich rufe mir die vielen eindrucksvollen Bilder wieder ins Gedächtnis.

Unsere mürrische Stewardess macht inzwischen ein beinah freundliches Gesicht, es gibt Getränke und ein gutes Menü. Und dem von seiner Kollegin herbeigerufenen Steward gelingt es sogar, den in meiner Armlehne versenkten TV-Monitor mit Geklopfe, Gerüttel und mit Hilfe meiner Nagelfeile herauszukatapultieren, sodass auch ich Filme oder die Flugroute sehen kann.

Nach ungefähr elfstündigem Flug setzen wir zur Zwischenlandung in Bangkok an. Vorher offeriert man uns ein heißes Erfrischungstuch, das wir nach Gebrauch jedoch ratlos in den Händen halten und schließlich in die Speitüte entsorgen. Ob die Leute unten in der Touristenklasse tatsächlich wieder nach vorn müssen, damit die Maschine nicht hecklastig wird? Eine entsprechende Lautsprecherdurchsage hören wir überraschenderweise nicht.

Doppelt so lange wie geplant dauert der Aufenthalt im Transitraum des Flughafens, denn der nochmalige Sicherheitscheck des Handgepäcks und der Passagiere ist in Thailand sehr gründlich. Im Cockpit unserer Maschine sitzt inzwischen eine neue Crew. Das heißt, *neu* erscheint mir etwas übertrieben, denn die beiden Piloten sind ältere Herren mit eisgrauen Haaren. Ich überlege, ob sie sich hier möglicherweise als Aushilfe ein Zubrot zu ihrer Rente verdienen? Die neuen Stewards und Stewardessen sind jünger, wenn offenkundig auch dritte Wahl – dies stellen wir allerdings erst später fest. Uns fällt nur auf, dass sie noch mürrischer wirken als die Vorherigen und jedem Blickkontakt mit den Fluggästen ausweichen. Zu Letzterem gehört eine bewundernswerte Disziplin. Doch sie rentiert sich natürlich, denn auf diese Weise können lästige Service-Leistungen von vornherein vermieden werden. Immerhin wird uns ein kaltes Frühstück serviert, wenn auch nach karger französischer Art. Es soll dazu sogar Getränke geben, verspricht eine Durchsage. Geduldig warten wir darauf eine Stunde und dann noch eine.

Schließlich gehe ich nach hinten zur Pantry, denn »Klingeln hat sowieso keinen Zweck!«, weiß eine unserer Mitreisenden zu berichten. Leider versteht der in seiner Ruhe gestörte Steward meine auf Englisch an ihn gerichtete Frage nach den Getränken nicht. Schließlich kann ich mich ihm jedenfalls mit entsprechenden Gesten verständlich machen. Als ich zirka sieben Stunden später wieder nach hinten gehe, um ein paar Erdnüsse oder Ähnliches gegen den ärgsten Hunger zu erbitten, trägt er mir aber nichts nach. Er schenkt mir sogar die letzten vier kleinen Käsewürfel, die er noch in der Pantry gefunden hat! Peanuts gibt's sowieso nicht.

Unterhaltsam ist der Flug wirklich, da kann man sich nicht beklagen! Beispielsweise springt die Tür zum Cockpit dauernd auf, und wir können die betagten Herren unbeweglich vor und unter ihrer bis zur Decke reichenden Instrumentenwand sitzen sehen. Häufig erhaschen wir auch einen Blick auf die ältere, besonders mürrische Stewardess, die bei offener Cockpit-Tür uns ihr strammes Hinterteil entgegenstreckt, wenn sie ihrem Lieblingspiloten über die Schulter schaut und dabei vertraulich ihre Wange an seine schmiegt. Nicht nur diese Szene könnte aus einem Spielfilm stammen, sondern auch die Lautsprecherdurchsage, die jetzt schon zum zweiten Mal dringend nach einem Arzt oder einer in ärztlicher Hilfe ausgebildeten Person ruft. Da ich allerdings zufällig weiß, dass sich in unserer Reisegruppe mindestens zwei Ärzte befinden, versuche ich, mir keine großen Sorgen um die erkrankte Person zu machen.

Zudem habe ich mit meiner »freiwillig« aufgenommen Arbeit als Klofrau zu tun. Durch Zufall habe ich nämlich entdeckt, wo die Ersatzrollen versteckt sind. Und so kann ich – da niemand vom Personal sich darum kümmert – für neues Papier sorgen. Denn es ist abzusehen, dass durch die hilfsweise benutzten großformatigen Papier-Handtücher irgendwann der Abfluss verstopft sein wird.

Aber ist folgende Ankündigung noch »unterhaltsam« zu nennen? Nämlich, unsere Maschine müsse außerplanmäßig in Istanbul zwischenlanden, und zwar um Treibstoff aufzunehmen? War unser Flugzeug denn nicht vollgetankt, als wir starteten? Ist es möglich, dass Fachleute sich in punkto Treibstoffbedarf dermaßen verkalkulieren? Dann sehe ich jedoch auf meinem Monitor die Anzeige der Fluggeschwindigkeit: 600 km/h (statt ca. 1000 km/h)! Logisch – bei niedrigerer Geschwindigkeit verlängert sich die Flugdauer, und damit ändert sich auch der Treibstoffverbrauch.

Zwischenlandung in Istanbul? April, April! Eine halbe Stunde nach der Durchsage hören wir: »Wir gehen nun doch nicht in Istanbul runter, sondern fliegen direkt nach Deutschland!« Die Fluggäste quittieren dieses Hickhack mit nervösem Gelächter. Hat unser Flieger etwa keine Landeerlaubnis erhalten? Und falls ja, warum nicht? Ist unsere Maschine ein Sicherheitsrisiko für den Airport? Fliegen wir jetzt mit dem letzten Tropfen Kerosin? Werden wir irgendwo notlanden müssen? Die Karpaten liegen unter uns, später die Dolomiten, die Alpen kommen in Sicht. Mitgefangen, mitgehangen!

Inzwischen sind die meisten Business Class-Passagiere beim angekündigten »heißen Frühstück«. Heinrich und ich gehören nicht dazu.

Ist der Steward der Meinung, durch die vier Käsewürfel seien wir schon genügend verwöhnt worden? Eine Entschuldigung oder Erklärung gibt es nicht. Erst nach mehrfacher Anmahnung erhalten auch wir das heiße Frühstück, das jetzt aus kaltem Reis mit kaltem Omelett besteht und in Ermangelung eines passenden Bestecks mit einem Teelöffel gegessen werden muss. Ohnehin ist uns der Appetit etwas vergangen, denn mittlerweile dringen uns die Gerüche aus dem nahen Waschraum in die Nase. Dessen Türgriff geben sich die in langer Schlange stehenden Passagiere vom unteren Deck gegenseitig in die Hand.

Neue Durchsage: »Wir müssen in München zwischenlanden, um dort Treibstoff aufzunehmen!« Und das so kurz vor unserem Endziel Düsseldorf? Die Reisenden verharren apathisch auf ihren Sitzen; um sich zu empören, fehlt ihnen inzwischen die Energie. Jedenfalls sind wir dann schon in Deutschland, werden die meisten von ihnen denken. Weitere auf Englisch gehaltene Durchsagen folgen. Von Mal zu Mal artikuliert der Sprecher verwaschener und undeutlicher. Selbst unser LTU-

Flugbegleiter scheint ihn nicht zu verstehen, sodass eine Übersetzung ausbleibt. Hoffentlich ist der Sprecher nicht einer der Piloten, der so offensichtlich kurz vorm Einschlafen ist oder gar alkoholisiert!

Während des Tankens in München dürfen wir unsere Plätze nicht verlassen. Eine geschäftig wirkende Münchner LTU-Dame kommt an Bord und verschwindet für kurze Zeit im Cockpit. Ein Passagier fragt sie ironisch: »Sollen wir vielleicht schon anfangen, für die Bezahlung des Kerosins zu sammeln?« Beim Hinuntergehen vom Upperdeck fegt ihr langer blauer Mantel die Treppenstufen. Jetzt stapfen zwei Männer vom technischen Personal des Flughafens München herauf. Als sie das Cockpit verlassen, beobachte ich, wie sie die Köpfe schütteln, die Augen verdrehen und tief ausatmen. Zusammen mit unserem LTU-Flugbegleiter tauchen sie dann nochmals auf dem Upperdeck auf. Durch die geöffnete Tür des Cockpits höre ich Satzfetzen: »… die Mannschaft macht schon zu lange Dienst …, wieso wurde die Ladung so schlecht gestaut …, es ist doch unglaublich, die Fluggäste nach vorn zu schicken ..., und was ist mit den Reifen ...«

Mein mulmiges Gefühl verstärkt sich, und ich bespreche mich mit Heinrich: Wenn wir nun einfach hier von Bord gingen, nur raus aus dieser Maschine? Was mit unserem Gepäck im Laderaum wird, ist doch zweitrangig! Mehrere Passagiere scheinen den gleichen Gedanken zu haben, denn schon tönt es drohend durch die Lautsprecher: »Die Fluggäste, die die Maschine jetzt vorzeitig verlassen wollen, werden verantwortlich gemacht für die weitere Verspätung!« Nach dem Start in München hören wir: »Wir fliegen jetzt direkt nach Frankfurt«, und nach einer kleinen Pause – anscheinend ist das Mikro versehentlich noch offen – »hoffentlich!« Nach Istanbul, München nun also Frankfurt! Oder? Mitgefangen, mitgehangen ...

Nach 28 Stunden Horrorflug, so nenne ich inzwischen diese Zumutung, verlassen Heinrich und ich nachmittags Hals über Kopf statt wie geplant in Düsseldorf bereits in Frankfurt das Flugzeug – nichts wie raus! Das obligate »Bye-bye« der am Ausgang postierten Stewardess erwidere ich entnervt mit: »Certainly not!«

Durch einen glücklichen Zufall können wir am Lufthansa-Schalter noch Plätze für den nächsten Flug nach Kiel-Holtenau buchen. Die kleine Turboprop-Maschine der Cimber-Air startet bald und landet nach knapp eineinhalb Stunden auf dem Holtenauer Flugplatz. Ein Taxi bringt uns nach Hause.

Tatsächlich treffen unsere Koffer zwei Tage später in Kiel-Holtenau ein, wo wir sie beim Zoll abholen. Wie wir erfahren, müssen die beiden Beamten nur unseretwegen am heutigen Sonntag auf dem kleinen Terminal Dienst tun. Doch leider hat sich der Aufwand für sie überhaupt nicht gelohnt! Denn als gesetzestreue Bürger haben wir natürlich auch diesmal keine Schmuggelware im Gepäck.

(1996)

***

Drei Freundinnen
in den Zeiten von Corona

Jedenfalls ist es kein Krieg!«, sagt Gisela und beendet damit das Telefonat.

Helga, Gisela und Lilo sind die letzten noch Lebenden ihrer Schulklasse des Geburtsjahrgangs 1932. Gisela hat natürlich recht, denkt Helga. In ihrem langen Leben hatten sie wirklich Schlimmeres als eine Epidemie durchgemacht. Doch warum die Menschen ab sechzig Jahren zu Hause bleiben sollen und auch ihre Familie nicht mehr treffen dürfen, verstehen die drei Freundinnen nicht. Angeblich sollen besonders die Alten vor einer Virus-Infektion bewahrt werden. Ausgerechnet sie, die doch mit ihren hohen Renten den Wohlstand der Jüngeren schmälern! Die verantwortlich sind für ständig steigende Kosten im Gesundheitswesen, weil zum Beispiel sogar über siebzigjährige Greise noch ein neues Hüftgelenk beanspruchen! Über Letzteres hatte sich vor einigen Jahren ein Jungpolitiker öffentlich empört und damit Zuspruch erhalten. Helga fällt auch die – hoffentlich ironisch gemeinte – Bemerkung eines früheren Ärztefunktionärs wieder ein, der angesichts der »Alterslawine« oder »Rentnerschwemme« ein »sozial verträgliches Frühableben« in den Raum gestellt hatte. Und plötzlich soll jene Bevölkerungsgruppe besonders geschützt werden? Eine radikale Kehrtwendung im öffentlichen Bewusstsein! Dies muss einem doch zu denken geben, findet Helga. Sie interessiert sich seit jeher für Politik, sie liest viel und verfolgt mit Hilfe der Medien die Entwicklungen in der Gesellschaft. Deshalb kann sie sich die plötzliche staatliche Fürsorge besonders für die Alten nicht erklären.

»Einsperren ohne zwingenden Grund lasse ich mich aber nicht!«, beschließt sie und verkündet dies auch Lilo und Gisela während ihrer nächsten Telefongespräche. Lilo meint, man könnte ja vielleicht im Garten spazieren gehen, immer rundherum, notfalls heimlich und im Dunkeln. Helga trumpft auf: »Und nach wie vor kaufe ich selbst ein!« Sie ist sehr darauf bedacht, selbstbestimmt zu leben. Fremde Hilfe anzunehmen, ist ihr schon immer schwergefallen. Im Gegensatz zu Lilo. Die will sich doch tatsächlich von jüngeren Nachbarn ihre Lebensmittel mitbringen lassen!

In den Telefonaten reden die drei alten Frauen jetzt viel über Vergangenes. Das ergibt sich von selbst, zumal sie in der Gegenwart und ohne jeden realen menschlichen Kontakt nichts Neues erleben. Sie gestehen einander und lachen dabei verlegen kurz auf, sie hätten sogar schon begonnen, mit sich selbst zu sprechen. »Nur, um mal eine echte Stimme zu hören, und wenn es meine eigene ist.«

Natürlich jammern sie nicht. Erstens, weil es nicht zu ihnen passt und zweitens, weil es sich einfach nicht gehört, andere Leute mit ihren Sorgen zu belästigen. Gisela betont: »Uns geht es doch gut! Wir haben ein Dach überm Kopf, brauchen nicht zu hungern und zu frieren!« – »Und die Rente kommt auch pünktlich aufs Konto«, fügt Lilo hinzu. Vor Corona fürchten sie sich nicht. Das behaupten sie jedenfalls. Zwar hoffen sie, vielleicht noch ein paar Jahre vor sich zu haben. Wenn es aber anders kommt, ist es auch gut. Ihre Tasche für den Notfall steht seit Längerem auf dem Flur bereit, Patientenverfügung und Vorsorgevollmacht stecken im Vorfach.

Helga, Gisela und Lilo waren schon seit dem ersten Schuljahr zusammen in einer Klasse gewesen. Bis eines Nachts im Frühjahr 1941 das Gebäude zerbombt wurde. In ihrer Erinnerung gab es ab dieser Zeit überhaupt keinen geregelten Unterricht mehr, zumal sie aus verschiedenen Gründen immer wieder lange Extraferien hatten. Mal wegen der Kinderlähmungsepidemie – gegen diese Krankheit gab es weder eine Impfung noch ein Medikament. Mal waren es monatelange Kohleferien, da die knappe Kohle für die Rüstung gebraucht wurde. Und mal gab es »Kartoffelferien«. Sie hießen so, weil Kinder und Frauen den Bauern bei der Ernte helfen mussten, denn die Landarbeiter kämpften als Soldaten an der Front. Manchmal wurden sie auch zum Rübenziehen eingeteilt, obwohl sie als Kinder überhaupt noch nicht über die dafür nötige Kraft verfügten. Schulfrei bekamen sie, um Spinnstoff[1] zu sammeln oder im Wald Bucheckern[2]. Sie mussten die besonders vitaminreichen Sanddornbeeren[3] pflücken, und Stanniolstreifen[4] suchen. Als Mädchen hatten sie während ihrer Freizeit Strümpfe zu stricken für die Soldaten an der Ostfront. Wer das »Keilabnehmen mit großer und kleiner Ferse« noch nicht gelernt hatte, strickte dann Pulswärmer. Das Wollgarn mussten sie von zu Hause mitbringen.

In der zum großen Teil zerbombten Stadt bestanden die meisten Schulgebäude inzwischen nur noch aus Trümmerhaufen. Der gesamte Unterricht war eingestellt worden, und auch ihr Jahrgang wurde ohne Noten in die folgende Schulklasse versetzt. Jetzt mussten die Kinder irgendwohin, wo der Schulbetrieb noch normal, wenn auch mit kriegsbedingten Einschränkungen funktionierte und wo voraussichtlich keine Bomben fallen würden. Lilo war

---

[1] Textilien (Lumpen)
[2] f. d. Ölproduktion
[3] f. d. Saftgewinnung
[4] abgeworfen von feindlichen Flugzeugen, um das FLAK-Radar zu täuschen (FLAK siehe Seite 63)

61

die Erste, die abreiste. Sie kam in ein nieder-bayerisches Dorf auf einen Bauernhof. Kurz darauf musste Gisela sich verabschieden. Sie lebte dann irgendwo in Hinterpommern. Helga blieb anfangs noch zu Hause, bevor ihre Eltern sie auch aufs Land schickten. Sie fand Unterschlupf im Ostholsteinischen bei einer Familie mit vier Kindern und besuchte im Dorf die zweiklassige Schule.

In der Sexta A waren sie dann fünfundvierzig Mädchen, die trotz der Bombenangriffe An-fang 1942 aus Niederbayern, Hinterpommern und anderen ländlichen Gegenden in ihre Hei-matstadt zurückkehrten, um hier die Ober-schule zu besuchen. Das Gebäude teilten sie sich mit Jungen eines anderen Gymnasiums. Deshalb hatten sie Schichtunterricht: abwech-selnd eine Woche vormittags, die nächste nach-mittags.

An Fliegeralarm und Bomben mussten sie sich erst wieder gewöhnen. Im häuslichen Kohlenkeller und im Schutz ihrer Familie fühlte Helga sich einigermaßen sicher. Obwohl auch die Erwachsenen wie auf dem Sprung dasaßen, wenn der Luftdruck den Kellerboden unter den Füßen anhob, wenn das Heulen der Bomben begann, wenn der Krach von Explosionen und einstürzenden nahen Gebäuden, wenn das Prasseln der FLAK[5]-Splitter jedes Wort erstickte. Dennoch gehörte dies bald wieder zu ihrem Alltag.

Mit ihren beiden Freundinnen spricht Helga auch über die gemeinsamen Stunden im Schulkeller, in den ihre Lehrerin sie während der Tagesangriffe führte. Sie denken wieder an ihre Angst und daran, dass sie sie nicht zeigen durften. »Zäh wie Leder, hart wie Kruppstahl« hatten sie zu sein. Und so hockten sie damals im halbdunklen Keller mit den Heizungsrohren unter der niedrigen Decke auch ohne Ermahnung der Lehrerin stumm an ihrem zugewiesenen Platz. Nur bei zu nahen Detonationen zuckten sie zusammen und versuchten unwillkürlich, sich ganz klein zu machen. Helgas größte Angst war, im Schulkeller unter Trümmern und getrennt von ihren Eltern begraben

---

[5] Flugzeugabwehrkanone

63

zu werden. Sie hatte einmal gesehen, wie aus einem zerstörten Haus in der Nachbarschaft einer nach dem anderen ausgebuddelt wurde. Ihre Mutter hatte zwar gesagt, dass alle noch lebten. Helga wusste es besser.

Nein, eingesperrt werden will Helga nicht! Auch nicht, wenn es im eigenen Zuhause sein sollte. Sie denkt daran, dass sie und ihre Freundinnen schon einmal eingesperrt gewesen waren. Jedenfalls hatte sie es damals so empfunden. Sie waren gerade elf geworden, als ihnen und der ganzen Klasse befohlen worden war, an einem Junitag 1943 in einen Zug zu steigen, der sie auf eine Nordsee-Insel bringen würde. In ihrer Stadt hatten sie bisher rund dreihundert Fliegeralarme erlebt und sechzig Großangriffe überlebt.

Für die Fahrt in die Kinderlandverschickung (KLV) hatten sie ihre JM[6]-Uniform anziehen müssen. Helga hat noch heute das Bild

---

[6] Jungmädel [Organisation der Hitlerjugend (HJ) für 10 – 14-jährige Mädchen (Zwangsmitgliedschaft)

64

vor Augen, wie ihre Mutter mit den anderen Frauen auf dem Bahnsteig stand und so lange mit einem weißen Schal winkte, bis auch der nicht mehr zu sehen war. Weinen durften die Kinder nicht, besonders nicht in Uniform. »Ein Jungmädel weint nicht!« Ihr Ziel war das erste von zwei weiteren Lagern, in denen sie zwei lange Jahre an verschiedenen Orten bis zum Kriegsende leben sollten. Die Kinderlandverschickung geschah zu ihrem Besten, hieß es. Zum »Besten« gehörte selbstverständlich auch, dass sie in den Lagern im nationalsozialistischen Sinn erzogen werden konnten. Und zwar ungehindert von »schädlichen« Einflüssen durch die Eltern.

Gisela hatte während der KLV-Zeit ein Tagebuch geschrieben. Deshalb kann sie längst vergessene Einzelheiten zu den gemeinsamen Erinnerungen beitragen. Im Lager herrschte ein streng geregelter Tagesablauf. Die Mädchen durften nicht allein rausgehen. Aber es gab hin und wieder einen »Ausmarsch«. Dafür mussten sie der Größe nach in einer Reihe antreten, 1, 2, 3, 4 … durchzählen und sich dann in

Dreierreihen formieren. Nach dem Kommando der BDM[7]-Führerin »Im Gleichschritt Marsch! Eins zwo, eins zwo!« marschierten die Kinder los. Beim Kommando »Stillgestanden!« blieben sie auf der Stelle mit zusammengestellten Füßen stehen. Die Kommandos waren so lange eingeübt worden, bis niemand mehr aus dem Tritt kam oder nachklappte bei »Stillgestanden!« Helga mochte solch einen Ausmarsch ganz gern, denn meistens durften sie dabei im Takt des Gleichschritts Lieder singen.

Eines Tages erkrankte eine Stubenkameradin an Scharlach, und über das Lager wurde eine Quarantäne verhängt. Vier Wochen lang gab es keinen Ausmarsch! Kurz darauf wurde die Nächste krank und danach weitere Mädchen. Immer wieder musste die Quarantäne verlängert werden. Helga blieb von der Krankheit verschont. Mit den anderen Gesunden durfte sie nur auf dem Hof hinter dem Lager ins Freie. Sie litt sehr unter Heimweh, und in dieser Quarantänezeit quälte die Sehnsucht

---

[7] Bund deutscher Mädel [Organisation der HJ für 14 – 18-jährige Mädchen (Zwangsmitgliedschaft)

66

nach Zuhause sie besonders heftig. Das musste sie jedoch mit sich selbst ausmachen. Nicht einmal Gisela, die auch auf ihrer Stube war und deren Etagenbett neben ihrem stand, wusste, dass sie manchmal abends weinte vorm Einschlafen.

Wenn Helga an die Lagerzeit denkt, fallen ihr wieder die wöchentlichen Schreibstunden ein, die sie gar nicht mochte. Denn in den Briefen an die Eltern sollten sie berichten, wie gut sie es dort hatten, dass das Essen reichlich und lecker war und dass sie immer vergnügt waren. Ihre Briefe mussten sie der Lagerleiterin unverschlossen übergeben. Schrieb ein Mädchen aus Versehen einmal, dass sie viel lieber zu Hause wäre oder dass sie immer schrecklich fror, weil die Stuben nicht geheizt werden konnten, oder dass die lange Lilo beim Morgenappell mal wieder umgekippt war, oder dass es angebrannte Milchsuppe gab, reichte die Lagerleiterin den Brief zurück. Sie sagte: »Du willst doch nicht, dass deine Eltern sich Sorgen machen!« Und dann musste ein neuer Brief geschrieben werden. Als Kind, denkt Helga jetzt, wurden wir dazu angehalten, die

Unwahrheit zu schreiben.

Sie und ihre beiden Freundinnen sprechen in den Zeiten von Corona vor allem über jene gemeinsam verbrachten Jahre. So können sie ihre eigenen Erinnerungen ergänzen und manchmal auch korrigieren. Vielleicht sollte man alles einmal aufschreiben, überlegt Helga und schlägt dies ihren Freundinnen vor. »Inzwischen gehören wir doch zu den letzten Zeitzeugen!« – »Ja«, Gisela lacht, »wir sind schon historisch!«

Doch natürlich reden sie nicht nur über alte Zeiten. Lilo berichtet immer gern von ihrem Garten, der voller Blumen ist, und in dem es jeden Tag etwas für sie zu tun gibt. Gisela kommt fast gar nicht raus, weil ihre Beine sie nicht mehr tragen. Manchmal hilft ihr aber jemand die Treppe runter; dann setzt sie sich auf ihren E-Scooter und fährt in den Park zu den Enten. Aber das war natürlich vor Corona. Helga geht – obwohl sie wegen Corona im Haus bleiben sollte -- jeden Tag ihren Drei-Kilometer-Rundweg »durch die schöne Natur«, wie sie sagt.

Hin und wieder tauschen die Freundinnen

Rezepte aus, denn sie kochen ihr Mittagessen selbst und backen einen »Nach-Corona-Kuchen«, der bis zur nächstmöglichen Familienfeier vorerst im Tiefkühlfach lagert. Und natürlich achten sie – auch wenn niemand sie sieht – auf ein gepflegtes Äußeres. »Sonst verlottert man mit der Zeit«, bringt Gisela es auf den Punkt. Sie bestärken sich darin, ihren Tag nach wie vor zu strukturieren und viel zu trinken. Alle drei haben von ihren Kindern schon erwachsene Enkel, die jetzt öfter als sonst bei ihrer Oma anrufen, um zu fragen, wie es denn so gehe und wie sie so ganz allein zurechtkämen. Oder die mit ihnen skypen, damit sie einander sehen können.

Helga, Gisela und Lilo hatten nach ihrer gemeinsamen Schulzeit sehr unterschiedliche Lebensläufe. Erst in den Zeiten von Corona sind sie sich wieder nähergekommen. Sie leben allein in ihrem für sie viel zu großen Haus. Ihre Ehemänner waren etwas älter als sie gewesen und sind schon gestorben. Anstrengende Jahre liegen hinter jeder von ihnen. Sie hatten miterleben müssen, wie ihr Mann unaufhaltsam

69

körperlich und geistig verfiel. Während dieser Zeit hatten sie selbstverständlich – so wie sie es vor sechzig oder mehr Jahren aus Liebe gelobt hatten – ihm geholfen, ihn gestützt, gepflegt und getröstet. Um ihm ein Leben im Pflegeheim zu ersparen, hatten sie ihre letzten Kräfte mobilisiert.

Nachdem sie sich dann endlich wieder etwas aufgerappelt hatten, nahmen sie sich vor, ihre letzten Jahre möglichst sinnvoll gestalten. Helga freute sich auf regelmäßige Konzert- und Theater-Besuche, Gisela hatte eine Reha in Süddeutschland in Aussicht, Lilo plante in ihrem Garten zwei neue Rosenbeete.

Aber dann kam Corona …

Helgas und Giselas Mann waren gleichaltrig gewesen. Erst nach seinem Tod hatte Helga ein frühes Tagebuch ihres Mannes gefunden, Gisela berichtet von zufällig entdeckten Feldpostbriefen. Darin schrieben vor über siebzig Jahren die damals knapp sechzehnjährigen, als FLAK-Helfer eingezogenen Jungen von ihren

Einsätzen an der 12,8-cm-Kanone[8] oder am Funk-Messgerät, vom Soldatentod eines Mitschülers, nachdem die FLAK-Stellung durch einen Volltreffer zerstört worden war, von einer brennenden Lancaster[9], die neben ihrer Batterie[10] herunterkam, und von den verkohlten Körpern der englischen Besatzung, die sie bergen mussten. Helgas Mann hatte ihr zwar erzählt, dass seine ganze Schulkasse damals zum Dienst an der FLAK verpflichtet worden war. Einzelheiten darüber hatte er jedoch nicht berichtet. Nun liest sie erschüttert diese Eintragungen in seiner noch kindlichen Schrift und fragt sich, wie ihr Mann und Millionen andere es geschafft hatten, nach diesen Erlebnissen später ein normales Leben zu führen.

Im nächsten Telefonat mit Gisela sprechen sie ausführlich darüber und beide kommen zu keinem Ergebnis. Bis Gisela in ihrer direkten Art resümiert: »Ob wir wollen oder nicht – wir haben doch alle aus der Kriegszeit irgendwie

---

[8] »Schwere« FLAK
[9] britischer Bomber
[10] FLAK-Stellung

71

einen Knacks weg!« Dies fällt Helga manchmal sogar selbst auf. Zum Beispiel erschrickt sie panikartig und spürt ihr Herz viel zu schnell schlagen bei harmlosen, doch plötzlich lauten Geräuschen oder einem tief fliegenden Flugzeug. Sie schüttelt dann über sich selbst den Kopf und ruft sich energisch zur Ordnung.

Auch heute ertappt Helga sich bei einer absurden Reaktion. Auf ihrem täglichen Spaziergang kommt sie am Supermarkt vorbei. Es ist Ende April und der erste Tag des Corona-Maskenzwangs. Natürlich weiß sie, dass es bunte, selbstgenähte Masken sind, mit denen die Leute bereits wie selbstverständlich Mund und Nase bedeckt halten und jetzt ihre Einkaufswagen schieben. Dennoch zuckt sie bei ihrem Anblick zusammen und spürt ein flaues Gefühl in der Magengegend. Es sind Gasmasken, die plötzlich vor ihrem inneren Auge auftauchen! Anfang des Krieges waren sie an die Bevölkerung verteilt worden. Bewohner der Straße, in der Nebeltonnen lagerten, hatten sie eines Tages damit erschreckt. Die Tonnen wurden tagsüber geöffnet, wenn mehrere Bomberverbände über der Nordsee im Anflug waren und somit ein Großangriff erwartet wurde. Ein Gasgemisch entwich und hüllte die Stadt in Nebel. Nie mehr hatte Helga daran gedacht! Jetzt, nach siebenundsiebzig Jahren meint sie, wieder den Geruch des Gases in der Nase zu haben, das ätzende Kratzen im Hals zu spüren und den säuerlichen Geschmack auf den Lippen zu schmecken. Sie erinnert sich: Ein paarmal war sie gerade auf dem Heimweg von der Schule, als die Tonnen geöffnet wurden. Da sie wusste, was dies bedeutete, war sie – so schnell sie nur irgend konnte – durch den beißenden Nebel nach Hause gerannt.

Wie wohl die meisten ihrer Generation hat Helga erkannt, dass ihre Kinder wenig von all dem, was sie als Kind erlebt hatte, wissen können und vielleicht auch nicht wirklich wissen wollen. Die Enkel –, als sie klein waren, hatten sie manchmal gefragt, wie es früher so gewesen war. Damals hatte sie sich gescheut, sie mit der Wahrheit zu erschrecken. Doch sie weiß, dass ohnehin vieles nur annähernd nacherlebbar erzählt werden kann. Zum Glück!, findet sie.

Lilo ruft an. »Ich habe übrigens inzwischen gehört, was es mit der Isolierung von uns Alten auf sich hat. Es ist nicht nur staatliche Fürsorge für uns, sondern auch für die Jüngeren. Es soll nämlich vermieden werden, dass wir für das Virus anfälligeren Alten möglicherweise die Betten auf den Intensivstationen der Krankenhäuser blockieren, Jüngere könnten dann keine adäquate Behandlung bekommen. Im schlimmsten Fall müsste sogar entschieden werden, wer intensiv behandelt werden kann und wer nicht!« – »Das klingt vernünftig und sogar nach einer sogenannten Win-Win-Situation«, meint Helga und fügt hinzu, »jetzt bin ich aber wirklich froh, dass sich im öffentlichen Bewusstsein inzwischen doch nichts Wesentliches geändert hat. Denn das hätte mich tatsächlich sehr beunruhigt. Und zwar beinah noch mehr als Corona.«

(April 2020)

***

74

Danach

Die alte Frau war in der Sofaecke eingenickt und als sie aufwachte, sah sie ihren Mann auf seinem Sessel sitzen, wo er wie in all den Jahren nachmittags die Zeitung las. Überrascht sprach sie ihn an. Daraufhin verschwand er und blieb für lange Zeit fort.

Inzwischen weiß sie, dass sie nicht zeigen darf, ihn gesehen oder auch nur gespürt zu haben. Nachts liegt sie noch länger wach als sonst, der Schlaf will einfach nicht kommen. Ihre Gedanken gehen hierhin und dorthin, entgleiten ihr, sind ziellos, doch immer rückwärts gerichtet. An eine Zukunft ohne ihn, die sich wie ein trostlos schwarzes Etwas vor ihr dehnt, wagt sie nicht zu denken. Erst gegen Morgen schläft sie ein.

Einmal schreckt sie auf aus einem wirren Traum und weiß im gleichen Augenblick, dass er neben ihr liegt. Wie früher. In der fahlen

Morgendämmerung erkennt sie als Erstes die Konturen seiner unter der Decke angewinkelten Beine. Er liegt auf der Seite, ihr zugewandt. Sie muss sich bezwingen, ihn nicht zu berühren oder durch eine noch so schwache Bewegung diesen kostbaren Moment vertrauter Zweisamkeit zu stören. Angestrengt versucht sie, ihr viel zu laut klopfendes Herz zur Ruhe zu bringen und den Atem flach zu halten. Doch auch diesmal darf er nicht bleiben. Eine Weile noch wartet sie, bevor sie zaghaft eine Hand unter seine Decke schiebt in der Hoffnung, dort ein wenig von seiner Wärme zu finden.

Im Haus bewegt sie sich sehr leise, sie will nicht überhören, wenn die Treppe knarrt, Wasser durch die Leitungen rauscht oder ein Lichtschalter klickt. Er ist noch da – irgendwo in ihrer Nähe. Nicht greifbar, dennoch ist sie sich sicher.

Und heute …, heute hatte er sie berührt! Sie war im Bad und wusch sich die Hände, als sie plötzlich seinen Atem im Nacken spürte und dann seine Arme, die von hinten ihren Körper umschlossen und sich vor ihrer Taille kreuzten. Schon immer hatte er sie auf diese Weise zärtlich überrascht. Seine Wange schmiegte sich sanft an ihre. Atemlos vor Glück blickte sie auf. Doch …, der Spiegel reflektierte nur sie selbst. Sie taumelte, ihr Herzschlag schien auszusetzen.

Er war endgültig gegangen. Plötzlich wusste sie es. Gerade hatte er für immer Abschied genommen.

Abends hält es sie nicht in der beklemmenden Stille, sie muss ins Freie. Im Garten setzt sie sich auf die von Büschen fast verdeckte Steinbank ganz am Ende des Grundstücks. Von hier sieht sie auf die dunkle Fassade ihres Hauses und auf jene ihrer Nachbarn mit den erleuchteten Fenstern. Wie an Fäden geführte Figuren erscheinen ihr die Bewohner. Sie hantieren in der Küche, gehen von dort ins Wohnzimmer, die wechselnde Helligkeit des Fernsehers blinkt auf. Sie hört die Stimmen der Leute. Hin und wieder dringen Melodienfetzen zu ihr. Sie sieht, wie ein Mann und eine Frau sich umarmen, wie andere sich streiten, sie hört Türen ins Schloss fallen und ein Kind weinen. Später leuchtet in einem eben noch dunklen Zimmer eine Lampe auf, die Jalousie rattert herunter.

Während sie ihre Nachbarn beim Leben beobachtet, überfällt die Verzweiflung sie mit aller Macht. Nie hat sie sich so verlassen, so einsam, so überflüssig, ausgeschlossen von allem gefühlt!

Lange schaut sie auf die abweisend düstere Fassade ihres totenstillen Hauses. Nach einer Weile spürt sie, wie ihr Kopf ganz kühl und leicht wird. Kälte kriecht in ihren Körper und lässt ihn empfindungslos werden. Sie wähnt sich in einem Schwebezustand, von dem sie hofft, er möge nie aufhören.

Erschöpft schließt sie Augen, nachdem ihr Blick eine in sich zusammengesunkene alte Frau gestreift hat. Neben sich. Auf einer verborgenen Steinbank am Ende eines Gartens.

(2012)

***

Begegnung mit Frau W.

Santa Cruz de la Palma, 14. November 2019, MS AMADEA liegt den ganzen Tag an der Pier. Mit 21 °C ist es angenehm warm.

Vormittags finden Dreharbeiten für die beliebte TV-Serie »Traumschiff« auf dem Promenadendeck statt, sodass ich dort auf meine drei gelaufenen Deck-Umrundungen verzichten muss und auf ein anderes ausweiche

Ich habe eine »Kleine Inselrundfahrt« gebucht, die am späten Vormittag startet. Der Bus ist schon voll, als ich einsteige. Nur links vorn in der ersten Reihe ist noch ein Platz frei – neben Filmstar Frau W. Scherzhaft sage ich zu ihr: »…. und ausgerechnet neben *Ihnen* will niemand sitzen?« Sie lacht. »Setzen *Sie* sich doch zu mir!« Natürlich respektiere ich ihre Privatsphäre und beginne von mir aus kein Gespräch. Letzteres tut dann aber sie, als ich mich anschnalle: »Oh, das muss ich ja auch, schon wegen meiner Versicherung!«, worauf sich eine lockere Unterhaltung ergibt. Die Fahrt geht auf vielen Kehren zügig bergauf, denn wir wollen zum Vulkan-Krater El Taburiente.

Vorher legen wir aber noch einen Stopp ein in Puerto de Tazacorte. »Wollen wir nicht zusammen einen Kaffee trinken?«, fragt Frau W. Und so sitzen wir draußen vor einem Café nahe dem schwarzen Strand an einem Zweiertisch. Sie bestellt Wasser und einen Espresso, ich einen Cortádo. »Also dann für mich bitte auch einen Cortádo!«, erklärt sie der Bedienung. Sie holt eine Autogrammkarte hervor, schreibt etwas drauf und reicht sie mir. Sozusagen reflexartig zücke ich die Werbekarte für meine neuen Reisebücher und schiebe sie über den Tisch. »Ach«, sagt sie überrascht, »Sie sind Schriftstellerin?« Es entspinnt sich eine lebhafte Unterhaltung, zunächst über Reisen. Sie sei so glücklich über den Vertrag für die Traumschiff-Rolle, da sie dabei auch so viel von der Welt zu sehen bekomme. Begeistert erzählt sie von einigen Ländern, die sie nur auf diese Weise hatte kennenlernen dürfen. Unvermittelt zeigt sie mir ein Foto ihrer noch sehr jungen Tochter und ihres Sohnes. Sie hätte erst sehr spät Kinder bekommen, sagt sie und erklärt, weshalb. Ich bin erstaunt über ihre Offenheit. Später lese ich allerdings im Internet, dass einiges davon bereits allgemein bekannt ist. Wir sprechen noch über dieses und jenes, über die Organisation von Beruf und Familie, wenn –wie in ihrem Fall – beide Eheleute als Schauspieler häufig auswärts arbeiten müssen. Sie verrät mir, dass die »Ausbeute« eines Drehtages für Serien durchschnittlich nur fünf Minuten Film seien, für einen Kinofilm sogar nur zwei Minuten.

Ich stelle fest, dass Frau W.s lebhaftes Mienenspiel sie hübscher aussehen lässt als im Film, wo sie doch perfekt gestylt ist. Heute ist sie kaum geschminkt, ihre schönen braunen Augen beherrschen das Gesicht. Als sie für kurze Zeit vom Tisch aufsteht, nutze ich die Gelegenheit, unsere Zeche zu bezahlen. Allerdings reagiert das Personal nicht auf meinen deutlichen Wunsch, mehrmals rufe ich und wedele mit meinem Portemonnaie! Als ich dies anschließend Frau W. berichte, sagt sie: »Das habe *ich* doch schon erledigt!« Überrascht bedanke ich mich.

Bevor wir wieder in den Bus steigen, bittet sie einen zufälligen Passanten, uns mit ihrem Handy zu fotografieren. Da die Aufnahme nach ihrer Meinung jedoch nicht so gut geworden ist, muss er eine zweite machen.

Der nächste Halt ist in Las Manchas bei der »Plaza de La Glorieta«, eine der hiesigen Flora künstlerisch in Keramik nachempfundenen Anlage mit blumigen Fußboden-Mosaiken sowie mit Sukkulenten, Kakteen und andere Pflanzen darstellenden Plastiken und Reliefs. Auf der Weiterfahrt kommen wir an Bananenplantagen, Lavafeldern und vulkanischen Abhängen vorbei. Frau W. fotografiert eifrig. Einmal scheinen wir direkt auf einen Regenbogen zuzufahren.

Am »Balkon Taburiente«, einem am oberen Vulkankraterrand gebauten Restaurant, werden uns Erfrischungen gereicht. Hier ziehe ich mich etwas zurück, finde einen bequemen Korbstuhl am Ende des langen schmalen Balkons und genieße den Blick auf die bergige Landschaft und hinunter in den riesigen, grün bewachsenen Krater.

Zurück fährt unser Bus jetzt natürlich nur bergab, und zwar ziemlich rasant. Unwillkürlich zucke ich zusammen und suche nach einem Griff zum Festhalten, wenn es nach meiner Meinung zu schnell um die Kehren geht. Frau W. hingegen bleibt völlig gelassen.

Unterwegs halten wir noch zweimal: bei der Kapelle der Insel-Heiligen »Nuestra Señora de Las Nieves« sowie am Archäologischen Museum. Beim Betreten des Museums übersehe ich einen kleinen Bodenabsatz, verliere den Halt und falle auf beide Knie. Frau W. ist als Erste bei mir und hilft mir auf. Alle in unserer Gruppe sind rührend besorgt. Aber ich kann abwinken: »Nichts passiert, nicht so schlimm!« Später zeigen sich – hauptsächlich auf rechtem Knie und Schienbein – ansehnliche Hämatome. Die Schmerzen halten sich zum Glück in Grenzen.

In der Stadt Sta. Cruz hält der Bus nochmals kurz an, damit meine prominente Nachbarin aussteigen kann. Sie möchte Mitbringsel für ihre Maskenbildnerin kaufen, hat sie mir vorher verraten, denn diese hätte wenig Gelegenheit, von Bord zu kommen.

Es ist mir etwas unangenehm, dass Frau W. meinen Cortádo bezahlt hat, außerdem habe ich auch noch reichlich von ihrem Mineralwasser getrunken. Als »Revanche« denke ich an eines meiner Bücher – wie immer habe ich eins im Reisegepäck. Also schreibe ich eine Widmung hinein und füge »La Palma« und das heutige Datum hinzu. Aber noch zögere ich, es ihr tatsächlich zu überreichen, denn auf keinen Fall möchte ich aufdringlich sein.

Am nächsten Tag macht das Schiff im Hafen von Sta. Cruz de Tenerife fest. Inzwischen habe ich mich zur Buchübergabe entschlossen. Dazu gehe ich morgens zur Rezeption und bitte, es in Frau W.s Kabine bringen zu lassen.

17. November, wir sind in Agadir. Es wird neben dem Schiff auf der Pier und Gangway gedreht. Vormittags sehe ich eine kleine Weile vom Promenaden-Deck aus zu. Gerade läuft Frau W. an einigen Statisten vorbei die Gangway runter. Die Szene wird zweimal wiederholt, offenbar hatte ein Statist gepatzt. Um jeweils zurück zum Anfang der Szene zu kommen, muss Frau W. natürlich auch zweimal wieder rauflaufen, was auf ihren High Heels

sicher kein reines Vergnügen ist. Endlich ist die Szene im Kasten. Der technische Ablauf ist tatsächlich so, wie man ihn sich vorstellt: Die Person mit der Klappe ruft »Achtung!«, hält die Klappe mit der entsprechenden Aufnahme-Nummer vor die Kamera, klappt das Gerät knallend zusammen, darauf folgt die lautstarke Ansage: »u-n-d … Action!«

In einer kurzen Drehpause blickt Frau W. nach oben zum Promenaden-Deck und entdeckt mich dort an der Reling: »Hallo, Frau Brömel! Danke für das Buch! Wie geht es Ihren Knien?« Ich mache eine abwiegelnde Handbewegung und rufe hinunter: »Besser!«, während die neben mir stehenden und ebenfalls die Dreharbeiten beobachtenden Passagiere sich vermutlich wundern.

22. November, ab morgens liegt die AMADEA in Nizza, es ist unser Abreisetag. Frau W. kommt wegen Übermittlung der Fotos von uns beiden noch einmal auf mich zu, und zwar schriftlich per eng beschriebener Autogrammkarte und danach auch noch persönlich. Nach Gute-Reise-Wünschen verabschieden wir uns mit Wangenküsschen. Später erhalte

ich zu meiner Freude außer den beiden Fotos auch eine ganze Serie der Aufnahmen, die sie während unserer gemeinsamen Tour gemacht hatte.

Die Begegnung mit dieser charismatischen, liebenswürdigen Frau empfinde ich als Bereicherung. Ich habe mir vorgenommen, nach Möglichkeit jeden ihrer neuen Filme anzusehen – auch wenn sie nicht unbedingt nach meinem Geschmack sein sollten.

(2020)

***

Tante Elsa

Sie war klein, nicht größer als ungefähr eineinhalb Meter, brünett und hatte etwas hervorquellende Augen. Ich kenne sie nur als eine sehr korpulente Person. Meine Mutter behauptete jedoch, die Taille ihrer neun Jahre älteren Halbschwester habe in deren jungen Jahren nur dreiundsechzig Zentimeter gemessen. Elsa selbst war offenbar auch später mit ihrem Aussehen zufrieden – sogar, als sie schon eine Menge überflüssiger Pfunde mit sich herumschleppte. »Meine Haut ist wie Marzipan« soll sie im Familienkreis gesagt haben. In gewisser Weise traf dies zu: glatt und fest. Das lag vielleicht daran, dass sie durch ihren Beruf als Mamsell in Kochdampf und Dunst erfüllten Räumen und somit unter saunaähnlichen Bedingungen arbeitete. Häufig lagen die Küchen auch im Keller eines Gebäudes. Vielleicht deshalb besaß Elsa einen unstillbaren Drang nach

Licht und frischer Luft. Bei Wind und Wetter unternahm sie jeden Tag einen Spaziergang, wobei sie die längeren »Wanderung« oder »Tour« nannte. Schien an warmen Tagen die Sonne, lagerte sie unterwegs hin und wieder ihren rundlichen Körper auf einem Rasenstück am Wegesrand, auf einer Parkbank oder einem anderen in ihren Augen geeigneten Platz. Und zwar– damit Luft und Sonne an ihren Körper kamen – gern im Unterrock. »Das ist praktisch!«, war einer ihrer Standardsätze. In diesem Fall hatte sie natürlich recht, denn zu ihrer Zeit trug jede Frau einen Unterrock und der war sozusagen stets zur Hand.

Ich erinnere mich, dass meine Schwester Anna und ich sie einmal so sahen, als wir – nichts Böses ahnend – die Uferpromenade der Kieler Förde entlanggingen. Es war einer der ersten schönen Sommertage in den späten 1940ern, als wir Tante Elsa entdeckten. Damals muss sie schon Anfang Sechzig gewesen sein. Bekleidet mit einem hellblauen plattierten Unterrock aus gewirkter Baumwolle ruhte sie appetitlich hingestreckt rücklings auf dem Anlegesteg des

Akademischen Rudervereins. Ihr praktisches buntes Baumwollkleid lag achtlos zusammengeknüllt unter ihrem Kopf, doch immerhin steckten die vom Strumpfhalter gelösten, ebenfalls plattierten Strümpfe einigermaßen ordentlich zusammengerollt in ihren soliden Schuhen mit Blockabsatz.

Anna hatte Tante Elsa zuerst gesehen: »Wir tun einfach so«, raunte sie mir ins Ohr und zog mich hastig etwas beiseite, »als hätten wir sie nicht erkannt.« Das war natürlich nicht nett von uns, zumal Elsa eine meiner Patentanten war. Aber zu unserer Entschuldigung muss man wissen, dass wir nicht allein unterwegs waren, sondern in Begleitung von zwei jungen Männern, die uns zu einem Segeltörn mit ihrer Jolle überredet hatten. Solch verlockendes Angebot hatten wir nicht ausschlagen können, obwohl wir an den Skippern selbst kaum interessiert waren.

Das bringt mich zu der Überlegung, ob Tante Elsa eigentlich immer schon allein gewesen war oder doch den einen oder anderen Verehrer gehabt hatte – möglicherweise sogar einen Verlobten? Ein Porträtfoto von 1909 zeigt die Zweiundzwanzigjährige als hübsche, apart aussehende junge Frau, die leicht belustigt in die Kamera blickt. Oder vielleicht auch in die Augen des Hofphotographen M. Frölich zu Flensburg.

Elsa gehörte zu der Generation Frauen, die sich nach und nach von der beengenden, Fischbeinstäbchen gestützten Kleidung befreite und bald auch von manch anderen gesellschaftlichen Zwängen. Das sogenannte Reformkleid, das locker am Körper herunterfiel und ein Korsett überflüssig werden ließ, war neben einem Kurzhaarschnitt das sichtbarste Zeichen dieser Befreiung, dem 1918 als politisches Signal endlich das Frauenwahlrecht folgte.

Doch Elsa war schon von Natur aus ein Freigeist. Sie fand ihren eigenen Standpunkt zu allen Dingen des Lebens und scherte sich den Deubel um die sogenannte herrschende Meinung oder das Gerede der Leute. Was man tun oder lassen sollte, gut oder schlecht zu finden und auch zu denken hatte, war ihr gleichgültig. Und so hatte sie auch bald erkannt, wes Geistes Kind die Nationalsozialisten waren und wie gefährlich als Demagoge deren Anführer war. Brutale Überfälle der SA auf Andersdenkende hatte sie selbst miterleben müssen, als sie Ende der zwanziger Jahre in Berlin »in Stellung« war.

Leider nahm Freigeist Elsa auch in der NS-Zeit häufig kein Blatt vor den Mund, was nicht nur für sie selbst hätte gefährlich werden können, sondern besonders für ihren Schwager, meinen Vater. Der Mann ihrer jüngeren Halbschwester Marga war Lehrer gewesen und 1933 als Beamter entlassen worden, da er als nebenberuflicher Redakteur einer pazifistischen Zeitschrift immer wieder leidenschaftlich vor Hitler und seiner Partei gewarnt hatte. Bei ihren Besuchen in unserem Reihenhaus musste meine Mutter sie manchmal ermahnen, doch bitte etwas weniger laut auf diesen grässlichen Herrn Hitler zu schimpfen: »Leise, Elsa! Die Nachbarn!«

In Berlin arbeitete Elsa längere Zeit als Köchin im Heimathaus für Wohlfahrtsschülerinnen. Dass sie jemals für sich selbst würde sorgen müssen, war ihr nicht in die Wiege gelegt worden. Ihr Vater – als Oberlehrer im recht übersichtlichen Flensburg ein wohlangesehener Bürger – hatte nach dem frühen Tod seiner Frau deren Vermögen geerbt, das später seinen beiden Kindern Elsa und Kurt zufallen würde. Für etwaige Heiratskandidaten galt Elsa also durchaus als »gute Partie«, und zudem war sie auch noch nett anzusehen. Vermutlich war sie selbst aber gar nicht auf eine frühe Heirat aus, denn in ihrem ausgeprägten Freiheitsdrang hatte sie sich vorgenommen, erst einmal auf Reisen die Welt kennenzulernen. Diese Reiselust hatte sicher ihr ein Jahr jüngerer Bruder Kurt auch noch bestärkt. Denn er befuhr seit seinem achtzehnten Lebensjahr auf Schiffen der Handelsmarine sämtliche Meere und berichtete zu Hause begeistert von seinen Erlebnissen in aller Herren Länder.

Es kam dann aber alles anders. Plötzlich starb der Vater. Er hinterließ eine fünfköpfige Familie: neben Elsa und Kurt auch seine zweite Frau mit den gemeinsamen Töchtern Marga und Hanna. Elsa und Kurt erbten das unangetastete Vermögen ihrer Mutter. Doch mittlerweile schrieb man das Jahr 1914. Der große Krieg hatte begonnen und mit allen anderen Übeln nahm auch die Inflation ihren Lauf. Elsas Vermögen, das ihr ein lebenslanges Auskommen hätte sichern sollen, schmolz unaufhaltsam dahin.

Selbst wenn sie jetzt gewollt hätte – an Heirat und damit eine Sicherstellung ihrer Versorgung war nicht mehr zu denken. Die Männer der zu ihr passenden Jahrgänge hatten in den Krieg ziehen müssen und viel zu viele waren daraus nicht zurückgekehrt. Auch Elsas geliebter Bruder nicht. Er war zum Dienst in der Kaiserlichen Marine verpflichtet worden. Noch kurz vor Ende des Krieges wurde sein U-Boot im Englischen Kanal durch einen Volltreffer versenkt.

1918 war Elsa bereits einunddreißig. Ihre jüngeren Halbschwestern lebten noch bei der Mutter, deren Witwenpension gerade fürs Nötigste reichte. Elsa musste also endlich auf eigenen Füßen stehen. Eine Berufsausbildung besaß sie allerdings nicht. Doch kochen konnte sie, und da sie selbst gern aß, auch gut. Im Hinblick auf eine spätere Heirat hatte sie vor dem

Krieg mit anderen »Höheren Töchtern« auf einer speziellen Schule Kochen und Hauswirtschaft gründlich gelernt. »Pudding-Akademie« nannten die Flensburger spöttisch diese Einrichtung. Was lag also näher, als die dort erworbenen Kenntnisse jetzt zu nutzen?

Und so arbeitete sie Jahrzehnte ihres Lebens in fremden Küchen – mal als Köchin, mal als Mamsell. Letzteres bedeutete damals, eine Küche zu leiten. Nebenbei boten ihr die verschiedenen Wirkungsstätten die Möglichkeit, zwar nicht die Welt, aber doch Deutschland und einen kleinen Teil Dänemarks kennenzulernen.

Im Laufe der Jahre kam Elsa also viel herum. Überwiegend war sie im Rahmen der jeweiligen Saison in kleinen Hotels, Pensionen, Kinder- und Erholungsheimen oder Sanatorien tätig. So kochte sie zum Beispiel in Lüneburg, Flensburg-Mürwik, Hamburg, Tönsheide, Kopenhagen, Ballerup (Dänemark), Wilhelmshaven, Malente, Raisdorf bei Kiel und Wyk auf Föhr. Arbeit fand sie auch in Privathaushalten. Gern erzählte sie von ihrer Zeit in der hochherrschaftlichen Villa von Dr. Krüger, Konsul

Deutschlands in Kopenhagen. Wie viele andere Frauen und junge Mädchen aus der Grenzregion hatte sie in den ersten Jahren nach dem Weltkrieg im nahen Dänemark eine Anstellung gefunden. Denn dort wurde der Lohn in harten dänischen Kronen gezahlt, während zuhause die Mark kaum noch etwas wert war. Vor allem aber herrschte im Gegensatz zu Deutschland in Dänemark keine Hungersnot!

Später suchte Elsa sich gern in Berlin eine Arbeitsstelle. Die Hauptstadt war weit genug vom provinziellen Flensburg entfernt, und hier in der quirligen Großstadt gab es unzählige Gelegenheiten, sich in der knapp bemessenen Freizeit weiterzubilden oder zu zerstreuen. Elsa besuchte belehrende Vorträge, aber auch kuriose Veranstaltungen, wenn sie denn kostenlos waren. Sie kratzte ihr Geld zusammen, um ins Theater oder in Konzerte zu gehen – ein Stehplatz genügte ihr. Die Eintrittskarten benutzte sie manchmal als Lesezeichen für ihre jeweilige Lektüre, und in den Büchern aus ihrem Nachlass habe ich später etliche Beweise ihres Bildungshungers gefunden.

Da sie so viel unterwegs war, hielt Elsa es für wenig praktisch, eine eigene Wohnung zu unterhalten. Deshalb besuchte sie zwischen ihren Anstellungen häufig ihre jüngeren Halbschwestern Marga und Hanna. Ich erinnere mich, dass Tante Elsa manchmal bis zu drei Monate bei uns wohnte und es in dieser Zeit nebenbei fertigbrachte, den ganzen Haushalt durcheinanderzubringen. Vor allem, wenn sie sich angeboten hatte zu kochen. Denn offenbar fiel es ihr schwer, die Zutatenmengen von auf sechzig bis achtzig Personen ausgelegten Rezepten auf die für einen normalen Haushalt einigermaßen exakt herunterzurechnen. Ich weiß noch, dass Mutter anschließend jedes Mal auch über das Tohuwabohu stöhnte, das sie dann in unserer kleinen Küche hinterlassen hatte. Aber natürlich war Elsa nicht daran gewöhnt, selbst abzuwaschen und aufzuräumen. In ihrem Arbeitsalltag waren dafür Küchenhilfen zuständig. Auch Vater stöhnte. Er hatte es nämlich gar nicht gern, wenn Elsa den Armlehnenstuhl an seinem Schreibtisch besetzt hielt und ihm sagte, er solle nicht so viel rauchen.

Ich fand Tante Elsa interessant. Sie konnte gut erzählen, und wenn sie dann zwischen Nachmittagskaffee und Abendbrot in ihrer ganzen Fülle auf dem Sofa thronte – die Füße unter dem Tisch auf dem kleinen, mit grünem Plüsch überzogenen Schemel – lauschte ich gespannt ihren Geschichten aus der »großen weiten Welt«, wie zum Beispiel Hamburg, Berlin oder Kopenhagen. Besonders gern, da Elsa nicht daran dachte, dass einige ihrer Erlebnisse für Kinderohren wenig geeignet waren. Spannend fand ich auch, wie sie das P aussprach. Zum Beispiel bei »prachtvoll!«, einem ihrer Lieblingsausdrücke. Und zwar heftig und so, als folgten mindestens drei Ps nacheinander.

Elsa war eine gutmütige Frau. Als meine Patentante vergaß sie nie, mir aus ihrem jeweiligen Arbeitsort eine Geburtstagskarte zu schicken – kindgemäß auch, als ich schon älter war. Ihre Geschenke bestanden meistens aus etwas Eigenem, von dem sie sich mir zuliebe trennte. Das tat sie natürlich, weil sie immer in Geldnöten war. »Elsa kann einfach nicht mit Geld umgehen!«, kritisierte meine Mutter sie kopfschüttelnd. Marga und Hanna mussten ihr hin

97

und wieder mit kleineren Beträgen aushelfen, obwohl sie eigentlich selbst keinen Pfennig übrighatten. Zu Tante Elsas Geschenken gehörte zum Beispiel auch ein größeres, mit zierlichem Federvieh bemaltes aufklappbares Holzei in asiatischer Lackarbeit, das ich noch heute besitze und um die Osterzeit hervorkrame. Wahrscheinlich hatte Bruder Kurt es ihr aus Ostasien von einer Seefahrt mitgebracht.

Einmal schenkte sie mir eine Scheibe Marmeladenbrot. Das kam so: 1943 lebte ich als Elfjährige in einem Lager der sogenannten »Kinderlandverschickung« in Wyk auf Föhr. Wir Kinder waren wegen der zertrümmerten Schulen und der Bombengefahr aus Kiel evakuiert worden. Ich litt sehr unter Heimweh – da wurde Tante Elsa mein Trost. Sie arbeitete zu der Zeit in einem Erholungsheim, das nicht weit entfernt von unserem Lager lag. Einmal fasste ich mir ein Herz, ging dort hin und lugte ohne große Hoffnung durch die kleinen Fenster des erleuchteten Kellergeschosses. Tatsächlich entdeckte ich sie, wie sie unten in der großen Küche an einem Schneidebrett arbeitete. Zaghaft rief ich: »Tante Elsa?« Sie sah auf und winkte mir zu, verschwand aber gleich wieder. Kurz darauf kam sie zurück, um mir durch die geöffnete Fensterklappe eine Scheibe Schwarzbrot heraufzureichen, dick mit Butter und Marmelade bestrichen. Obwohl ich damals keine Gelegenheit mehr hatte für ein weiteres Treffen mit ihr, fühlte ich mich doch getröstet, jemanden aus meiner Familie in der Nähe zu wissen.

Als Elsa Rentnerin wurde, kehrte sie zurück in ihre Heimat Flensburg. Hier bezog sie im Norden der Stadt ihre erste eigene Wohnung. Sie lag in einem Altbau und bestand nur aus einem Zimmer mit Kochecke. Doch sie war zufrieden mit ihrem Heim. Denn das Theater war auf einem kurzen Fußweg erreichbar, das »Deutsche Haus«, in dem Konzerte und andere größere Veranstaltungen stattfanden, auf einem etwas längeren, und die dänische Bücherei lag direkt nebenan. Dort konnte sie nach Herzenslust stundenlang in den Regalen nach neuer Lektüre stöbern und im Winter auch »hyggelig« warm sitzen. Dänisch zu sprechen und zu lesen hatte sie während ihrer Zeit in Kopenhagen und Ballerup gelernt und später ihre

Kenntnisse in Volkshochschulkursen noch vervollkommnet.

In der dänischen Bücherei, im Stadtarchiv und anderen Einrichtungen forschte Elsa nach Daten über ihre Vorfahren. Die Ergebnisse hielt sie handschriftlich in einem Heft fest. Danach wurde zum Beispiel in der Familie ihrer Mutter Margarethe Caroline, geborene Speckhahn, ab Mitte des 18. Jahrhunderts fortlaufend das »Amt des Barbiers, Chirurgius und Physikus« ausgeübt. Mit Aderlassen, Schröpfen, Klistieren, Spanischem Pflaster und Blutegeln sorgten diese Tätigkeiten nicht nur für Ansehen, sondern im Laufe der Jahrzehnte auch für Wohlstand.

Bei ihren Nachforschungen kam Elsa zufällig einer Geschichte auf die Spur, von der in ihrer Kindheit nur hinter vorgehaltener Hand gesprochen worden war. Es ging um den Bruder ihres Großvaters, Großonkel Peter Wilhelm Speckhahn (1818 – 1902) und seine Beziehung zu Franziska Enge (1805 – 1881). Diese »Jomfru Fanny« war seinerzeit in Dänemark eine sehr bekannte Persönlichkeit. Denn nach einer überstandenen schweren Krankheit hatte sie

100

im Alter von siebenundzwanzig Jahren damit begonnen, bedeutende politische und gesellschaftliche Ereignisse vorherzusagen. Doch nicht nur diese Gabe machte sie zu einer Berühmtheit, sondern auch ihre mysteriöse Herkunft. Angeblich soll sie nämlich als Baby in einer »herrschaftlichen Kutsche« nach Apenrade zu Pflegeeltern gebracht worden sein. Dies schien das Gerücht zu untermauern, sie sei von königlicher Abstammung gewesen. Und zwar als illegitime Tochter von Christian VIII. und seiner Verlobten Prinzessin Charlotte Friederike von Mecklenburg-Schwerin.

Wie auch immer – Tante Elsas Großonkel Peter Wilhelm scheint Fanny in Gelddingen unterstützt oder zumindest beraten zu haben. Er war für sie eine Art Vormund (dän.: Formynd), und zwar vermutlich besonders in finanziellen Angelegenheiten. Denn sie erhielt regelmäßig »Geld aus Kopenhagen«. Auch soll Speckhahn Fanny mit einer Hypothek beim Erwerb ihres Hauses in Apenrade geholfen haben. Übrigens: Jomfru Fannys Vorhersagen sollen weitgehend eingetroffen sein – einige allerdings erst nach hundert Jahren.

Bei meinem ersten Besuch in Tante Elsas Wohnung stand ich etwas zu früh vor ihrer Tür. Noch heute sehe ich sie vor mir, wie sie mir ganz unbefangen im Unterrock öffnete. Ich glaube, es war immer noch der plattierte hellblaue. Auf ihn hatte sie übrigens nach 1945 vorn in halber Oberschenkelhöhe eine Tasche genäht. Natürlich aus praktischen Gründen. Denn darin schmuggelte sie im »kleinen Grenzverkehr« in Dänemark gekaufte Butter, als sie in Deutschland noch rationiert war. »Praktisch und absolut sicher«, meinte sie zuversichtlich, »die Zöllner würden niemals wagen, einer älteren Dame unter den Rock zu gucken!«

Apropos Rock: Hierzu fällt mir eine Episode ein, von der ich zum Glück erst später von meiner Schwester erfuhr. Es war am Tag meiner Hochzeit und geschah während der Trauungszeremonie. Tante Elsa war es in der Kirche offenbar zu kühl geworden und so hatte sie wieder eine ihrer »praktischen« Ideen. Auf der Kirchenbank hob sie ihr mächtiges Hinterteil etwas an, ruckelte ein wenig herum, lockerte auf diese Weise ihren weiten Rock, um ihn dann heraufzuziehen und schließlich als wärmendes Cape um ihren frierenden Oberkörper zu legen. Ist mir doch egal, wird sie gedacht haben, was die Leute davon halten! Und außerdem: Von hinten kennt mich sowieso niemand!

Bei einem anderen meiner Besuche zeigte Tante Elsa mir stolz ihre neueste Erfindung: eine Einbruchssicherung. Für diese hatte sie ein paar leere Konservendosen zusammengebunden und innen an das ständig halb geöffnete Fenster gehängt. »Das ist praktisch«, erklärte sie, »dann höre ich nämlich sofort, falls nachts jemand versucht einzusteigen!« Das Bett in ihrem einzigen Zimmer tarnte sie tagsüber mit vielen Kissen, an die sie aus praktischen Gründen jeweils eine handliche Schlaufe genäht hatte. »Ein Griff durch alle Schlaufen – weg damit und fertig ist das Bett!«

Die Einbruchsicherung sollte sich eines Tages übrigens in anderer Weise als von Elsa gedacht bewähren. Es geschah an einem heißen Sommertag. Elsa wurde durstig, langte auf ihr Vorratsregal und dort nach einer Flasche mit der Aufschrift »Fliederbeersaft«. Ohne erst nach einem Glas zu suchen, setzte sie die Flasche an die Lippen und nahm einen herzhaften Schluck. Unmittelbar darauf verspürte sie ein schreckliches Brennen auf Zunge, Speiseröhre und danach im Magen. Sie wollte um Hilfe rufen, brachte aber keinen Ton hervor. Mit letzter Kraft rettete sie sich ans Fenster. Dort bewegte sie ihre »Einbruchssicherung« so heftig hin und her, dass die leeren Konservendosen einen Höllenlärm verursachten. Zufällig hörte dies eine Nachbarin, entdeckte Elsa, sah ihren Zustand und rief einen Rettungswagen. Ich weiß ja, was in der Flasche ist, hatte sie sich seinerzeit wohl gesagt, als sie darin einen Rest Salmiakgeist abfüllte – dies natürlich wieder aus praktischen Gründen. – Elsa hatte Glück, die verätzten Organe verheilten schließlich, wenn auch erst nach längerer Zeit.

In ihren späten Jahren war Elsas Verstand etwas durcheinandergeraten – heute würde man dies als »dement« bezeichnen. Aber das ist ein Wort, das ich auf sie nicht anwenden möchte. »Wunderlich« träfe besser zu auf ihre starke, eigenwillige Persönlichkeit und ihre schon immer etwas skurrilen, doch manchmal in gewisser Weise tatsächlich praktischen Einfälle. Sie starb in ihrem fünfundachtzigsten Lebensjahr. Ihre Grabstelle wurde die letzte auf Flensburgs Altem Friedhof, denn es war schon begonnen worden, ihn in einen Park umzuwandeln. Doch Elsa – praktisch wie sie war – hatte sich schon sehr rechtzeitig einen Platz in Nähe der Ruhestätte ihrer Familie mütterlicherseits gesichert.

(2018)

***

Bang

As se opwoken deit, kloppt ehr Hart as dull, se leeg stief op'n Rüch un meen, se kunn sik nich miehr rögen. Sacht dreiht sie ehrn Kopp na'n Wecker: Klock twölf – blots een Stunn bit nu harr se slopen.

Se denkt an ehrn Droom, dat weer een von den gresigen, de een lang nich vergeeten deit. Un al wedder süht se de grulichen Droombiller: Wiet un siet utdröögt Eer, de is so dröög, dat se al reeten weer. Eerst kickt se vun hooch boven rünner op dat Öödland, man suutje kümmt se neger un neger ran, un op eens steiht se sülven ünnen op de dode Eer. Se kickt sik üm: nix as groge, knokendröge Bodden, sprangwis mol 'n Boomknubben un en Rest vun bruunswatte Grassooden – sünst is dor nix. Keen Huus, keen Steen, keen Minsch, keen Deert! Hier mutt ganz wat Böös passeert ween! En Atom-GAU? En Klima-Katastrooph? Foorts weg vun hier! Blots weg vun düsse doode Gegend!

Lang Tied al löppt se nu över de steenhatte gries un graue Eerdbodden, jümmer liekut. Jichenswenn mutt doch en Wiespahl oder sünstwat komen! Wedder un wedder söcht se de Kimm af: Keen Boom, keen Huus – nix! Nich mol 'n Vogel in de Luft oder 'n Fleeg! Bi lütten meent se, se keem gor nich vun de Steed, de Kimm blivt jümmer liekers wiet af. Wieder un wieder löppt se, ehr Fööt loopt meist vun sülven as'n Maschien. Kold is dat worrn, se is mööd un ehr is bang tomood. Wo veele Stunnen is se woll al ünnerwegens? Se möögt nich miehr, se hett keen Knööv miehr, se is am Enn.

Mitmaal glövt se, dat dor wat is in de Feern – ehr Hart kloppt bit to'n Hals. Kann dat denn angohn, süht se wohraftig enkelte Hüser? Se löppt so gau as se noch kann. Bald is se dichter bi. Hier mööt doch Minschen wohnen! Allens kümmt ehr nu meist 'n beten künnig vör. Weer se al mol hier? Jo – dor is de Warksteed, dor de Kark, dor de lütte Kroog un dor achtern de ole School! Man allens süht oolt, truurig un verloten ut. Dat fein Hotel »Landlust« gifft dat ook noch. Man dat hett se ümdöfft, dat heet nu »Tohuus«. »Tohuus« is böös rünnerkomen: De Finster sünd kaputt, an de Gevel sünd Steens rutbroken un dat Dack hett groote Löcker. Dat allens süht se woll, man liekers geiht se dör de Ingangsdöör, de hangt gefährlich scheev in den Angeln. Hier sünd wiss Lüüd! Nu steiht se al in de Lobby. Se dreiht sik üm – keen een dor! Sachten drückt se de Pingel för de Portier un tööft. In't Huus is dat still. Grulig still as op'n Karkhoff. Un koolt. Nochmol drückt se de Pingel. Nüms kümmt. Se bevert vör Küll. Jümmer noch hürt se keen Luut. Suutje geiht se de Trepp na boven – villicht is dor een? De olen Stopen anken ünner ehre Treed. In de tweete Etaasch tridd se in een vun de Stuven un kickt sik üm: Se steiht in ehr ole Kinnerstuuv! Trüch is se in ehr Öllernhuus un se is wedder en lütt Deern. »Mama, Papa«, röppt se, man se kriggt keen een Ton ruut. Rundüm is dat jümmer noch dodenstill. Nu geiht se op 'n morschen Balkon un holt sik fast an't sprocke Gelänner. Se söcht Papas Grööngoorn un Mamas Blomenbeeten! Man allens is verswunnen. Ok de Öllern gifft dat nich miehr – mit eens weet se

108

dat wedder. Se is truurig worrn un mutt weenen.

Nu se dat tweete Maal opwoken deit, is dat eerst twintig Minuten loter. Se kickt na ehrn leeven Heiner. As jümmer leeg he blangen ehr, slöppt deep un snorkt liesen. Se steiht op un mokt dat Slopstuvenfinster to. En stieve Noordwest is opkomen un hult üms Huus. De ierste Regen na söben Weken Sünnschien pladdert vun Heven. Se geiht röver no de Kinner. Maike hett sik todeckt bit op de Hoorn, un Jonas liggt op'n Buuk, sien Teddy hett he ruutsmeten.

Se holt deep Luft: Gottloff, allens is as jümmer. »Mien leeve lütt Familie …«, suustert se un en warm Geföhl geiht ehr dörch un dörch. Dat weer doch bloots 'n Droom, schimp se sik uut, vergeet dat dumm Tüüch! Süh doch, allens is goot.

(2018)

***

Im Paradies

Ich nehme das handgroße kegelförmige Schneckenhaus in die Hand und betrachte die pockenbesetzte, rötlich marmorierte Oberfläche, durch die stellenweise silbriges Perlmutt schimmert. Wieder meine ich, den Geruch des warmen Meeres wahrzunehmen. Behutsam drehe ich das Gehäuse um, lege mein Ohr an die gewundene Öffnung und höre, wie mein Blut rauscht.

Und wieder sehe ich mich in der Südsee auf der Vulkaninsel Bora Bora. Ein Eingeborener bringt Heinrich und mich mit seinem Auslegerboot zu einer stillen Bucht. Das Meer schimmert in unterschiedlich hellen Grüntönen, die in einigen Bereichen in ein zartes Rosa übergehen. Der dunkelhäutige Polynesier steuert sein Boot durch schmale Rinnen des sehr flachen Wassers. Für eine kurze Weile schwimmt neben uns ein riesiger Rochen, begleitet von seinem Schatten auf dem Meeresboden und gefolgt von kleineren Rochen.

Wir klettern aus dem Boot, waten durch knietiefes Wasser und betreten das tote Korallenriff. Die weiche Luft und die See haben Körpertemperatur, ein zarter Windhauch streichelt meine Haut. Unbeweglich stehen weiße Haufenwolken am blauen Himmel – die dichte Stille scheint fast greifbar zu sein. Für uns unhörbar tobt in der Ferne schäumende Brandung gegen das gewaltige Riff, das die Insel wie ein zerbrochener Ring umgibt. Der Klang unserer Stimmen versickert im weiten Raum.

Durch die Sohlen unserer Leinenschuhe ertasten wir die vielerlei Formen tierischer und pflanzlicher Versteinerungen, mit der Fußspitze drehen wir Kokosnüsse um und prüfen, ob sie noch gefüllt sind. Am senkrechten Abbruch des Riffs schimmern in der glasklaren See lilafarbene Korallenzweige, rosige Schwämme, bleiche Schneckenhäuser und noch junge »Mördermuscheln«.

Ich habe die Taucherbrille aufgesetzt und liege mit ausgebreiteten Armen bäuchlings auf dem salzigen Wasser. Als ich das Gesicht ins Meer tauche, blicke ich in eine Zauberwelt! Winzige Fische in unendlich scheinender Farben- und Formenvielfalt huschen einzeln oder in Schwärmen unter mir hin und her. Fast vergesse ich, Atem zu schöpfen, bevor ich dann immer wieder aufs Neue mit meinen Blicken eindringe in eine verwunschen erscheinende Anderswelt. Vom Meer sicher getragen, fühle ich mich schwerelos und unsagbar glücklich.

Ich bin im Paradies …

(1986)

***

Besuch in der Heimat

An einem warmen Augusttag 1990 fahren wir von Kiel aus nach Seebüll zur Nolde-Stiftung, und wie bei all unseren vorherigen Besuchen entdecken wir dort noch nicht gesehene Werke des großen Emil Hansen. Diesmal verweile ich längere Zeit vor einem Aquarell mit dem Titel »Friesen«. Es zeigt Brustbilder eines Mannes und einer Frau. Bemerkenswert ist der Abstand, den beide voneinander halten. Diese Distanz wird noch zusätzlich betont durch eine senkrechte Trennungslinie, die auch ein Fensterkreuz sein könnte. Beide Personen erwecken einen bodenständigen, in sich gefestigten Eindruck, der im Gegensatz zum unruhig die Köpfe umkreisenden blauen Hintergrund steht.

Im bunten Garten vor dem Haus tragen einige Quittenbäume schon kleine pelzige Früchte, aber noch leuchten die vielen

Spätsommerblumen in allen Rot- und Gelbtönen. Es ist so still, dass ich das Schilf und die Blätter der Weiden im Wind rauschen höre. Eine Bachstelze spaziert geschäftig über die Wiese – »Wippsteert«, welch passenden Namen hat das Plattdeutsche für diesen Vogel gefunden!

Danach geht es in gemächlichem Tempo durch die Köge. Neugierig erkunden wir in Neugalmsbüll den Kirchhof, der direkt hinter der roten Backsteinkirche liegt. *Gottesdienst alle vierzehn Tage* erfahren wir aus dem Kasten mit den *Bekanntmachungen*. Auf dem Gottesacker wäre noch reichlich Platz für neue Grabstellen. Eine einsame alte Frau harkt sorgfältig eines der wenigen noch nicht von Unkraut überwucherten Gräber. An der hinteren Schmalseite des großen Rechtsecks finden wir ein Ehrenmal für die Gefallenen der beiden Weltkriege: Allein aus den Jahren 1914 – 1918 sind hier zwanzig Namen von Söhnen der Christian-Albrechts-Köge verzeichnet. Vor dem ständigen westlichen Wind schützen den Friedhof drei Baumreihen: Die innere Umgrenzung besteht aus Linden, dahinter wachsen hohe Kastanien, und den äußeren Windschutz bilden robuste Erlen.

Weiter fahren wir in Richtung Dagebüll, biegen dann aber links ab in den Weg nach Fahretoft. Streckenweise liegt die schmale Straße – vermutlich ein alter Sommerdeich – ein wenig höher als die Felder, die um diese Jahreszeit abgeerntet und zum Teil bereits neu eingesät sind. Einige Äcker wurden gerade gepflügt, und die schweren, noch fast schwarzen Schollen schimmern fettig. Später befahren wir einen anderen ehemaligen Deich, an dessen Leeseite sich kleine Häuser ducken. Einige dieser Häuschen stehen auf Warften. Ihre Vorgärten fallen schräg zum Weg hin ab, wodurch die Spätsommerblumen dort wie zum Verkauf ausgestellt wirken.

Die Beeren des Weißdorns färben sich schon rot. Weiden, Erlen, Pappeln und Schwarzdorn wachsen am Wegesrand, noch blühen Rainfarn und Heckenrosen, während die rosa Zeit der Weidenröschen schon vorüber ist.

Einmal beobachten wir einen Bussard mit

seinen breiten gefingerten Schwingen, der wachsam über einer Wiese kreist, und immer wieder Lerchen. Der Schwarm unzähliger Stare, der sich in großer Höhe in Sekundenschnelle neu formiert, erinnert an einen vom Luftzug bewegten schwarzen Schleier.

Die wenigen verstreut liegenden Gehöfte verstecken sich hinter Pappeln, mit deren Blättern der Wind spielt. Er dreht ihre silbrigen Unterseiten nach oben, so dass sie im hellen mittäglichen Licht metallisch blinken. Inzwischen verdunkeln Wolkenschatten schon einzelne Landstriche, während andere noch in der Sonne leuchten. Kaum merklich bezieht sich der Himmel. Durch die dunklen Brillengläser erkenne ich schwarzgraue Wolkenfetzen, die wie gehetzt am milchigen Sonnenball vorüberziehen.

Wie immer, wenn ich von der Ost- an die Westküste komme, werde ich von einem Heimatgefühl erfasst – etwas, was mir sonst fremd ist. Es mag der weite Blick sein, der hier an keine Grenzen stößt. Es mag an den ruhigen waagerechten Linien liegen, in die sich Wiesen,

Felder und der Deich mit dem weiten Meer dahinter einfügen. Vor allem aber mag es dieser nirgendwo anders so hohe Himmel sein, der mir eine Vorstellung von Freiheit und gleichzeitig von Geborgenheit vermittelt.

(1990)

***

Eine Reisegesellschaft

In Assuan (Ägypten) startet schon am frühen Morgen unser mit nur fünfzehn Gästen besetzter großer Reisebus – Ziel: Abu Simbel. Es ist im Januar 2005.

Zunächst fahren wir zu einem Parkplatz oder ZOB, denn hier soll ein Konvoi zusammengestellt werden. Er besteht dann aus ungefähr fünfzehn Reisebussen, hinzu kommen noch Bullis und Land Rover. Ob ein Konvoi wegen des Sicherheitsbedürfnisses der Touristen (darunter viele Deutsche, aber auch Engländer, Franzosen, Schweizer, Chinesen und Japaner) erforderlich ist oder wegen des schnelleren Vorankommens, erfahren wir nicht. Auf jeden Fall haben wir mit je einem Polizeiwagen an der Spitze und am Ende überall Vorfahrt. Zusätzlichen Schutz soll offenbar ein mit einer MP bewaffneter Policeman in Zivil bieten, der in unserem Bus auf der letzten Bank sitzt. Als ich mich im Laufe der langen Fahrt einmal nach ihm umdrehe, sehe ich ihn in tiefem Schlummer versunken, und ich denke: Hoffentlich träumt er nicht von einem Überfall durch Terroristen, um dann reflexartig mit seiner MP wild um sich zu feuern!

Mit uns fahren auch unsere ägyptische Reiseleiterin Magda und ein Mitarbeiter der hiesigen Agentur. Magda wirkt anfangs etwas befremdlich auf mich. Obwohl es heute sehr warm ist, hat sie sich mit Pullover, Männerhemd und dicker Militärweste vermummt. Dazu trägt sie einen karierten Stoffhut, den sie bis auf die Augenbrauen heruntergezogen hat. Auch an den anderen Tagen wirkt sie wie verkleidet: Mal mit, mal ohne Kopftuch oder Hut und immer gehüllt in viel zu große, weite Jacken und Hosen. Diese Art sich zu kleiden, überlege ich, könnte religiöse Gründe haben.

Bald lernen wir Magdas Qualitäten schätzen. Sie spricht sehr gut deutsch und wie die meisten Reiseleiter auch sehr viel. Offenbar durch jahrelange Erfahrung in ihrem Job hat sie sich eine gewisse Robust- und Resolutheit angeeignet. So schlägt sie gegenüber ihren

119

Landsleuten – das sind immer Männer! – einen energischen, lauten Ton an, der ihr den nötigen Respekt verschafft und der dazu führt, dass ihr jeweiliges Ansinnen zu ihrer Zufriedenheit erledigt wird. Natürlich hilft auch immer das nötige Bakschisch. Magda führt in den Taschen ihrer Militärweste große Bündel schmutziger Geldscheine mit sich, von denen sie scheinbar wahllos dicke oder dünne Packen für die jeweiligen dienstbaren Geister abzweigt. Und da sie dies seit vielen Jahren tut, arbeiten die Leute vermutlich gern für sie und »ihre« Touristen. Später gesteht sie uns, ihr Spitzname in der Branche sei »Guga«, die arabische Bezeichnung für »Teufelchen«. – Bei Gelegenheit erwähne ich ihr gegenüber Jehan Sadats Buch »Ich bin eine Frau aus Ägypten«, und dass es mich sehr beeindruckt hätte. Aber Magda hat darüber überhaupt keine gute Meinung. »Als Frau des Staatspräsidenten hätte Madame Sadat sich lieber aus der Politik raushalten sollen«, sagt sie, »und außerdem hat sie eine sehr merkwürdige Auffassung von der Religion.« Aus diesem Statement schließe ich, dass Magda tatsächlich Muslimin ist – daher kann sie die liberalere Haltung der Sadats natürlich nicht gutheißen.

Der uns begleitende Agentur-Mitarbeiter unterstützt Magda, indem er – wenn trotz Magdas Eifer einmal etwas »hakt« – im Hintergrund und oft mit Hilfe seines Handys für den reibungslosen Ablauf der Ausflüge sorgt. Außerdem achtet er unauffällig darauf, dass niemand von uns unterwegs verloren geht.

Wie ich im Laufe der nächsten Tage feststelle, sind wir eine sehr bunte Reisegesellschaft. Da ist einmal der Einzelgänger (ca. 55) der häufig in tiefstem Bass »bumderumbumbum« vor sich hin brummt, und falls man ihn noch nicht gesehen hat, erfährt man auf diese Weise von seiner Anwesenheit. Einmal gibt er – ohne etwas zu kaufen – einem ägyptischen Händler eine Euromünze. »Da hast du was, du arme Saul!«, sagt er auf Deutsch.

Ein anderer, ungefähr gleichaltriger Einzelgänger bietet ständig ungefragt seine Hilfe an. Er hebt heruntergefallene Sachen anderer Leute auf, bringt Abfälle weg und fühlt sich für alles zuständig und verantwortlich. Auf dem

Kairo Airport sehe ich später, wie er unter Einsatz all seiner eher schwachen Kräfte Arbeitern hilft, den hochbeladenen Karren mit unserem Gepäck zu schieben! Er sei Polizist, Busfahrer und noch etliches andere gewesen, lässt er bei Gelegenheit verlauten.

Von ganz anderer Art ist ein älterer Schwabe, der mit seiner Frau reist. Er lässt uns gern wissen, was man nach seiner Meinung in Ägypten verbessern könnte – ob es sich nun um den Straßenbau, die Wasserversorgung, die Landwirtschaft oder Ähnliches handelt. Aber auch für globale Probleme hält er einfache Lösungen parat, die er bereitwillig zum Besten gibt. Dabei wundert er sich immer wieder darüber, dass vor ihm noch niemand auf diese genialen Ideen gekommen ist!

Zwei sehr alte Damen gehören zusammen, vielleicht sind sie sogar Schwestern. Die eine ist kräftig, resolut und ständig mürrisch, die andere zart, liebenswürdig und absolut unverständlich, wenn sie den Mund aufmacht – heraus kommt nämlich reinstes Niederbayerisch. Doch offenbar gehen die beiden sich gegenseitig etwas auf die Nerven. Zufrieden wirken sie nur, wenn sie – jede auf einer Seite – am Arm unseres ägyptischen Agentur-Mitarbeiters behutsam über das unebene Gelände der verschiedenen Ausgrabungsstätten geführt werden.

Ein Paar – ein sehr dicker älterer Herr und eine etwas jüngere, propre Dame – siezt sich konsequent, obwohl sie ganz offensichtlich zusammengehören. Die Dame umsorgt ihren Partner auf Schritt und Tritt. Des Rätsels Lösung erfahre ich bald: Es ist der Arbeitgeber, sie seine Haushälterin. Beide sind angenehme Reisegenossen, freundlich und interessiert an neuen Eindrücken.

Vage bekannt vor kommt mir eine Dreiergruppe, und zwar von einer früheren Reise: eine sehr alte, zarte und gebrechlich wirkende Dame mit ihren beiden ausnehmend kräftigen Söhnen zwischen Vierzig und Fünfzig. Die Söhne wechseln sich ab in der rührenden Betreuung ihrer nach einem Schlaganfall gehbehinderten Mutter. Geistig ist die alte Dame ganz offensichtlich noch sehr gut zuwege. Alle drei machen jede Tour mit, die Stufen hinauf und hinunter, über Geröll und sonstige

Hindernisse, bergauf und bergab.

Interessant wäre natürlich zu wissen, was unsere Reisegenossen über Heinrich und mich denken. Aber möglicherweise sind wir zu unauffällig, um sich überhaupt gedanklich mit uns zu beschäftigen oder gar Spekulationen anzustellen ...

(2005)

***

Lindas Farbenlehre

Dass Linda eine besondere Fähigkeit besitzt, fiel weder ihr noch sonst jemandem auf. In der Kita benahm sie sich wie jedes andere Kind, und auch in der Grundschule ragte sie in keiner Weise hervor. Wenn man damals jedoch etwas sensibler gewesen wäre, hätte man vielleicht über eine bestimmte Verhaltensweise stolpern können. Aber so ging sie in der Menge der anfangs noch gut lenkbaren Kinder, später in der Clique der gegen jede Autorität aufmuckenden Sechst- bis Achtklässler unter. Linda selbst dachte an alles andere und bestimmt nicht daran, dass nur sie diese besonders im Mathematikunterricht auftauchenden Farben sehen könne. Wie alle Mädchen, die sie kannte, interessierte sie sich eigentlich überhaupt nicht für Ziffern und Zahlen. Es sei denn, es ginge um das monatliche Taschengeld. Dennoch verfügte gerade sie bei Ziffern über eine erstaunliche Merkfähigkeit: Eine einmal gesehene wichtige Zahlenfolge blieb in ihrem Gedächtnis.

Die einfache Erklärung dafür ist, dass in Lindas Vorstellung jede Ziffer von 1 bis 9 eine spezifische Farbe besitzt. Bis auf die 0. Die stand anfangs völlig farblos da. Linda löste das Problem, indem sie etwas nachhalf und sie mit einem blassen Grau belegte. Ihre Farbenlehre stützt sich nämlich ganz einfach auf Folgendes: Ohne ihr Zutun erscheinen beim Lesen einer Ziffer oder Zahlenreihe vor ihrem inneren Auge die entsprechend nebeneinander aufgereihten Farben. Farben kann sie sich merken, Zahlen vergisst sie. Ebenfalls bunt in ihrer Vorstellung sind übrigens auch die fünf Vokale. Diese Eigenschaft hilft Linda manchmal bei wichtigen Entscheidungen, besitzt aber nicht die Bedeutung der farbigen Zahlen.

Nun hat wohl jeder Mensch Vorlieben für bestimmte Farben. Lindas absoluter Favorit ist das Blau. In dieser Farbe erscheinen ihr die 9 und auch das A. Und so wären Wörter mit mehreren As – vielleicht sogar in zufälliger

Verbindung mit einer Neunerreihe? – für sie der absolute Hit! Sie hegt aber auch Abneigungen, und zwar gegen bestimmte Ziffern, nicht jedoch gegen Vokale. Bis auf das braune U. Vielleicht liegt dies an Ulf. Bestimmt aber an Urs, doch davon später. Die Sache mit Ulf geschah während ihrer Grundschulzeit, als er einmal versucht hatte, sie leidenschaftlich zu küssen. Noch heute, nach so vielen Jahren, erinnert sie sich mit Schaudern an die Brotkrümel, die er dabei hinterlassen hatte.

Doch zurück zu Lindas farblichen Vorlieben und Abneigungen. So hat sie selbstverständlich ein Faible für die 3 – wer liebt denn wohl kein Rot? Dagegen mag sie die Ziffer 1 überhaupt nicht. Einen absoluten Widerwillen verspürt sie gegen dieses schwarze Ding! Zum Glück passiert ihr das mit keiner anderen Ziffer. In puncto Urs war sie natürlich selbst schuld. Warum nur hatte sie bei ihm die Hinweise ihrer Farbenlehre übersehen! Urs war Torhüter einer bekannten Fußballmannschaft der 1. Liga. Es war der 1. Januar, als sie sich zufällig trafen. Er sah gut aus, war witzig, redegewandt und mit viel Fantasie begabt. Linda fand dann allerdings schnell heraus, dass auf Fantasie auch fast alles beruhte, was er ihr erzählte. Dabei hätte sie doch eigentlich schon beim hässlichen braunen U seines Vornamens, der widerlichen schwarzen 1 auf seinem Vereinstrikot und bei den anderen Einsen dieser Affäre wissen müssen, dass er keineswegs ihr Mister Right war!

Aber dann kam der Tag, an dem alles zusammentraf: Lindas Lieblingsfarbe, -ziffer und -vokal! Sie begegnete Adam am 9. September 1999. Es war in Aachen, er fuhr ein blaues Auto, das seine blauen Augen leuchten ließ. So viel Blau musste ihr Glück bringen! Auf der Stelle war sie hingerissen von ihm, und wie sie bemerkte, er auch von ihr. Nach und nach lernten sie sich näher kennen und stellten fest, dass das Schicksal sie füreinander bestimmt haben musste. Adam war ein grundehrlicher, zupackender Typ – niemals hätte er einer Frau zu viel versprochen oder sie hingehalten! Und so fiel er eines Wintertags zur blauen Stunde vor Linda auf die Knie, öffnete das Schächtelchen mit dem Saphirring und stellte die bekannte Frage. Natürlich antwortete Linda aus vollem Herzen mit Ja!

Nun mag es etwas unglaubwürdig erscheinen, dass eine auf mehreren Neunen, As und Blaus beruhende Beziehung von Dauer sein kann. In diesem Fall trifft es jedoch zu. Noch heute sind Linda und Adam ein glückliches Paar, das Freud und Leid miteinander teilt, einander vertraut und sich alles erzählt. Letzteres stimmt aber leider nicht ganz, denn ihre Farbenlehre hält Linda vor Adam streng geheim. Und das liegt an einem einzigen hässlichen Wort. Seit Längerem weiß sie nämlich, dass sie mit ihren bunten Ziffern und Vokalen zu den wenigen Menschen mit einer Synästhesie gehört, das heißt mit einer *Eigenart* des Gehirns. Und eine *Eigenart* zu besitzen, ist ihr irgendwie schrecklich unangenehm – nicht mal Adam darf davon wissen! Zumal dieses Wort doch auch Abnormität, Abart, Schrulligkeit, Verschrobenheit, Skurrilität, Absonderlichkeit oder sonst was Schreckliches bedeutet.

Nur deshalb kann es geschehen, dass der

blauäugig ahnungslose Adam eines Tages vor einem Rätsel steht. Und zwar, als er ganz zufällig im aufgeklappt herumliegenden Taschenkalender seiner Frau diese merkwürdigen Eintragungen findet:

graubraunsilberschwarz
silberbraungelbgrau
rotweißgrünblau
gelbrotsilberrosa.

Was soll er denn nur davon halten? Doch endlich, nachdem er lange gegrübelt und sogar das Schlimmste in Bezug auf Lindas Geisteszustand erwogen hat, kommt ihm die Erleuchtung. Farbmuster! Natürlich, es sind Farbmuster für die Ringelsöckchen, die Linda gerade für die später einmal zu erwartenden Enkel strickt! Und so lässt er weise die Angelegenheit auf sich beruhen. Zudem es ihm auch etwas peinlich ist, ganz zufällig im Notizbuch seiner Frau geschnüffelt zu haben. Doch merkwürdig …, Silbergarn für Kleinkindsöckchen?

Selbstverständlich kann er nicht wissen, dass es sich hier in Wahrheit natürlich nicht um Strickmuster handelt, sondern um etwas völlig anderes. Und zwar um vierstellige PIN-Nummern! Obwohl man dies eigentlich nicht tun sollte, hat Linda sie wegen ihrer Wichtigkeit vorsichtshalber notiert. Weiß sie denn, ob ihr Gedächtnis sie nicht irgendwann einmal im Stich lässt?

(2020)

***

Anmerkungen

»Hannes«
Erstveröffentlichung 2010 in BRÜCKENSCHLAG
Band 26 Zeitschrift für Sozialpsychiatrie Literatur
Kunst

»Zwei Menschen«
Putlitzerpreis 2011 (6)
Erstveröffentlichung unter www.putlitzerpreis
2011

»Ein Anfang«
Siegertext 2008 auf der Lesebühne Literaturhaus
Schleswig-Holstein, erstveröffentlicht 2008 unter
dem Titel »Johannes« auf der Internetseite Literaturhaus SH. Der Text findet sich wieder in der
2012 als Buch erschienenen romanhaften Erzählung »Liebe friesische Freundin«

»Danach«
Erstveröffentlichung 2017 als Lesung im
Literaturtelefon Kiel

»Besuch in der Heimat«
Projekt »Heimatbilder« Literaturhaus Schleswig-
Holstein 2000, Erstveröffentlichung 2000 auf der
Internetseite Literaturhaus SH

Gerda Brömel: Bücher und E-Books

Aus dem Takt gekommen, [Roman, Kiel-Krimi]

Eine Frau in den *zweit*besten Jahren

 – Geschichten um Luise-Marie (1) und (2) –

Das Limit – Ausgrenzungen/Eingrenzungen –

Auf der Schaukel – Kindheitsbilder 1936 – 1945

Vun wat Fruunslüüd dröömt un annere Vertellen

Der Förde-Nikolaus – Weihnachtsgeschichten –

Liebe friesische Freundin –Erzählung –

Brömels Geschichten um *schräge* Typen

Meine schönsten Reisen (1) – (4):

Kanadische Arktis mit dem Eisbrecher

Galapagosinseln & südamerikanische Westküste

Jangtse-Flussfahrt, Xi'an & Beijing

Auf dem Irawadi durch Myanmar

Buchveröffentlichungen
Gerda Brömel (Hg. /Bearb.)

Johann Ohrtmann »Sind Kriege notwendig?«
Lebenserinnerungen eines Pazifisten und Schulmannes, bearbeitet und für den Druck eingerichtet von **Gerda Brömel**, Herausgeber: Beirat für Geschichte der Arbeiterbewegung und Demokratie in Schleswig-Holstein

Fritz Ohrtmann/Gerda Brömel (Hg.)
Es gibt keine Mauern   Gedichte

Fritz Ohrtmann/Gerda Brömel (Hg.)
Eine Plattmuschel namens Rosa
– Sylter Muschelgedichte –